新　潮　文　庫

素　浪　人　横　丁

―人情時代小説傑作選―

池波正太郎　山本周五郎
滝口康彦　峰隆一郎　山手樹一郎

新　潮　社　版

8730

目次

素浪人横丁

——人情時代小説傑作選

雨あがる

山本周五郎

山本周五郎（やまもと・しゅうごろう）

一九〇三年、山梨県生れ。横浜市の小学校を卒業後、東京木挽町の山本周五郎商店に徒弟として住み込む。二六年、「須磨寺附近」が「文藝春秋」に掲載され、文壇出世作となった。四三年、『日本婦道記』が直木賞に推されるも、受賞を固辞した。主な著書に『樅ノ木は残った』『赤ひげ診療譚』『さぶ』『人情裏長屋』『風流太平記』などがある。六七年死去。

一

もういちど悲鳴のような声をあげて、それから女の喚《わめ》きだすのが聞えた。

――またあの女だ。

三沢伊兵衛《みさわいへえ》は寝ころんだまま、気づかわしそうにうす眼《め》をあけて妻を見た。おたよは縫い物を続けていた。古袷《ふるあわせ》を解いて張ったのを、単衣《ひとえ》に直しているのである。茶色に煤《すす》けた障子からの明りで、痩《や》せのめだつ頰《ほお》や、尖《とが》った肩つきや、針を持つ手指などが、窶《やつ》れた老女のようにいたいたしくみえる。だがきちんと結った豊かな髪と、鮮やかに赤い唇《くちびる》だけは、まだ娘のように若わかしい。子供を生まないためでもあろうが、結婚するまでの裕福な育ちが、七年間の苦しい生活を凌《しの》いで、そこにだけ辛《かろ》うじて残っているようでもあった。

外は雨が降っていた。梅雨はあけた筈《はず》なのに、もう十五日も降り続けで、今日もあがるけしきはない。こぬか雨だから降る音は聞えないけれども、夜も昼も絶え間のない雨垂れには気がめいるばかりだった。

「泥棒《どろぼう》がいるんだよ此処《ここ》には、泥棒が」女のあけすけな喚き声は高くなった、「ひとの炊《た》きかけの飯を盗みやがった、ちょっと洗い物をして来る間にさ、あたしゃちゃんと鍋《なべ》に印《しるし》を付けといたんだ」

伊兵衛はかたく眼をつむった。

――珍しいことではない。

街道筋の町はずれのこういう安宿では、こんな騒ぎがよく起こる。客の多くはごく貧しい人たちで、たいていが飴《あめ》売りとか、縁日商人とか、旅を渡る安旅芸人などだから、少し長く降りこめられでもすると、食う物にさえ事欠き、つい他人の物に手を出す、という者も稀《まれ》ではなかった。

――だが泥棒とはひどすぎる、泥棒とは。

伊兵衛は自分が云《い》われているかのように、恥ずかしさと済まないような気持とで、胸がどきどきし始めた。

女の叫びは高くなるばかりだが、ほかには誰《だれ》の声もしなかった。こちらの三帖《じょう》の小部屋からは見えないけれども、炉のあるその部屋には十人ばかりも滞在客がいる筈である。なかに子持ちの夫婦づれも二た組いて、小さいほうの子供は一日じゅう泣いたりぐずったりするのだが、今はその子さえ息をひそめているようであった。

女は日蔭《ひかげ》のしょうばいをする三十年増《どしま》で、ふだんから同宿者との折合いが悪かった。誰も相手になる者がなく、みんなが彼女を避けていた。もちろん軽蔑《けいべつ》ではない。自分じぶんが生きることで手いっぱいな人たちには、職業によって他人を卑《いや》しめるような習慣も暇もなかった。かれらが女を避けるのは、彼女の立ち居があまりに乱暴で、棘《とげ》とげしくって、また仮借のない凄《すご》いような毒口をきくからであった。つまりいちもくおいているわけであるが、彼女はそうは思わないようすで、常にあからさまな敵意をかれらに示していた。

半月も降りこめられて、今みんなが飢えかけているのに、そんなしょうばいをしているためか、彼女だけは（乏しいながら）煮炊きを欠かさなかった。それは日頃《ひごろ》の敵《てき》愾心《がいしん》と自尊心を大いに満足させているようであった。

「あんまりだなあ、あれは」

伊兵衛はこう呟《つぶや》いて、女の叫びがますます高く、止め度もなく辛辣《しんらつ》になるのに堪《たま》りかねて、起きあがった。

「あれではひどい、もし本当にそれがそうだったとしても、あんなふうに人の心もちが痛むようなことを云うのはよくないと思うな」

独り言のように呟きながら、そっと妻の顔色をうかがった。彼は背丈も高いし、肩も胸も幅ひろく厚く、肉のひき緊《しま》ったいい軀《からだ》である。ふっくらとまるい顔はたいそう柔和で、尻下《しりさが》りの眼や小さな唇《くち》つきには、育ちの良い少年のような清潔さが感じられた。

「ええ、それはそうですけれど」

おたよは縫ったところを爪《つめ》でこきながら、良人《おっと》のほうは見ずに云った。

「みなさんももう少し親切にしてあげたらと思いますわ、あの方は除《の》け者にされていると思って、淋《さび》しいので、ついあんなに気をお立てになるんですもの」

「それもあるでしょうが、それにはあの女の人がもう少しなんとか」

伊兵衛はぴくっとした。女がついに人の名をさしたのである。

「なんとか云わないか、え、そこにいる説教節の爺《じじ》い」

女の声はなにかを突刺すようだった。

「――しらばっくれたってだめだよ、あたしゃ盲じゃないんだ、おまえが盗んだぐらいのことは初めっからわかってるんだ、いつかだって」

伊兵衛はとびあがった。

「いけません、あなた」

おたよが止めようとしたが、彼は襖《ふすま》をあけて出ていった。

そこは農家の炉の間に似た部屋で、片方が店先から裏へぬける土間になっている。畳は六帖と八帖が鉤形《かぎがた》につながって敷かれ、上り端《はな》の板敷との間に大きな炉が切ってある。農家と違うのは天床《てんじょう》が低いのと、たいていの客がべつに部屋を取らず、そこでこみあって寝るし、鍋釜《なべかま》を借りてその炉で煮炊きもするため、それらに必要な道具類が並んでいることなどであった。

その女は炉端にいた。片手をふところに入れ、立膝《たてひざ》をして、蒼白《あおじろ》く不健康に痩せた顔をひきつらせ、ぎらぎらするような眼であたりを睨《にら》みまわし、そうして劈《つんざ》くような声で喚きたてる、——他の客たちはみな離れて、膝を抱えてうなだれたり、寝そべったり、子供をしっかり抱いたりして、じっと息をころしていた。それは嵐《あらし》の通過するのを辛抱づよく待っている喪家《そうか》の犬といった感じだった。

「失礼ですがもうやめて下さい」

伊兵衛は女の前へいって、やさしくなだめるように云った。

「此処にはそんな悪い人はいないと思うんです、みんな善《よ》い人たちで、それは貴女《あなた》も知っていらっしゃるでしょう」

「放《ほ》っといて下さい」女はそっぽを向いた、「——お武家さんには関わりのないことですよ、あたしゃ卑《いや》しい稼業《かぎょう》こそしていますがね、自分の物を盗まれて黙ってるほど弱い尻は持っちゃいないんですから」

「そうですとも、むろんそうですよ、しかしそれは私が償いますから、どうかそれで勘弁することにして下さい」

「なにもお武家さんにそんな心配をして頂くことはありませんよ、あたしゃ物が惜しくって云ってるんじゃないんですから」

「そうですとも、むろんですよ、しかし人間には間違いということもあるし、お互いにこうして同じ屋根の下にいることでもあるし、とにかくそこは、どうかひとつ、私がすぐになんとかして来ますから」

それだけ云うと、伊兵衛はなにやら忙しそうに立っていった。

「誓文は誓文、これはこれ」

宿の名を大きく書いた番傘《ばんがさ》をさして、外へ出るとすぐ彼はこう独り言を云い、擽《くすぐ》られでもするように微笑をうかべた。

「眼の前にこういう事が起こった以上、自分の良心だけ守るというわけにはいきませんからね、ええ、それは却《かえ》って良心に反する行為ですよ、いや」彼はふとまじめな顔になり、「——いや、なにもしないんだから行為とはいわないでしょう、無行為、ともいわないですね」

わけのわからないことを呟きながら、ひどくいそいそと、元気な足どりで、城下町のほうへ歩いていった。

二

彼が宿へ帰ったのは、四時間ほどのちのことであった。

酒を飲んだのだろう、まっ赤な顔をしていたが、もっと驚いたことには、彼のあとから五六人の若者や小僧たちが、いろいろな物資を持ってついて来たことである。米屋は米の俵を、八百屋は一と籠《かご》の野菜を、魚屋は盤台二つに魚を、酒屋は五升入りの酒樽《さかだる》に味噌《みそ》醤油《しょうゆ》を、そして菓子屋のあとから大量の薪《まき》と炭など。

「これはまあどうなすったんです」

宿の主婦が出て来て眼をみはった。若者や小僧たちは担《かつ》ぎ込んだ物を上り端や土間へずらっと並べた。

「景気直しをしようと思いましてね」

伊兵衛は眼を細くして笑い、呆《あき》れている同宿者たちに向って云った。

「みなさん済みませんが手を貸して下さい、なが雨の縁起直しにみんなでひと口やりましょう、少しばかりで恥ずかしいんですが、どうか手分けをして、私も飯ぐらい炊きますから、手料理ということでやろうじゃありませんか」

同宿者たちのあいだに、喜びとも苦しみとも判別のつかない、嘆息のような声が起こった。すぐには誰も動かなかった、だが伊兵衛が菓子を出してみせ、源さん（桶《おけ》の夕ガ直しをする）の子供が、その母親の膝からとびあがるのと共に、四五人いっしょに立ちあがって来た。

宿の中は急に活気で揺れあがった。なにかがわっと溢《あふ》れだしたようであった。宿の主人夫婦と中年の女中も仲間にはいって、魚や野菜がひろげられ、炉にも釜戸《かまど》にも火が焚《た》かれた。元気のいい叫びや笑い声が絶え間なしに起こり、女たちは必要もないのにきゃあきゃあ云ったり、人の背中を叩《たた》いたりした。

「旦那《だんな》はどうか坐《すわ》ってお呉《く》んなさい」

みんなは伊兵衛に云った。

「――こっちはわたし共でやりますから、頂いたうえにそんなことまでおさせ申しちゃあ済みません」

支度が出来たら呼ぶから、などと懇願するように云ったが、伊兵衛は一向に承知せず、ときどき妻のいる小部屋のほうをちらちら見やりながら、ぶきような動作でしきりに活躍した。

説教節の爺《じい》さんは少し中風ぎみであるが、特に責任を感じたというふうで、誰よりも熱心に奔走していた。

どうやら用意がととのう頃には、黄昏《たそがれ》の濃くなった部屋に（主人の好意で）八間《はちけん》の灯《ひ》がともされ、行燈《あんどん》も三ところに出された。

「さあ男の人たちは旦那とごいっしょに坐って下さい、あとはもう運ぶだけだから」

女たちはこう云ってせきたてた。

「――うちのにお燗番《かんばん》をさせちゃだめですよ、燗のつくまえに飲んじまいますからね」

すると脇《わき》にいた女が、それではおまえさんの燗鍋はいつも温まるひまがないだろう、など云い、きゃあと笑い罵《ののし》りあった。

伊兵衛は宿の主人夫婦と並んで坐った。男たちもそれぞれに席を取った。炉にかけた大きな鍋には、燗徳利が七八本も立っていて、膳《ぜん》が運ばれると、宿の女中がそれをみんなの膳に配った。

そして賑《にぎ》やかな酒宴が始まった。

「どうです、こうずらりっと肴《さかな》が並んで、どっしりとこう猪口《ちょこ》を持ったかたちなんてえものは、豪勢なものじゃありませんか、公方様《くぼうさま》にでもなったような心もちですぜ」

「あんまり気取んなさんな、うしろへひっくり返ると危ねえから」

伊兵衛は尻下りの眼でかれらを眺《なが》めながら、いかにも嬉《うれ》しそうにぐいぐい飲んでいた。久しく飢えていたところで、みんな忽《たちま》ち酔い、ぼろ三味線が持ち出され、唄《うた》が始まり、踊りだす者も出て来た。

「まるで夢みてえだなあ」鏡研《と》ぎの武平という男がつくづくと云った、「――こんな事が年に一遍、いや三年に一遍でもいい、こういう楽しみがあるとわかっていたら、たいてえな苦労はがまんしていけるんだがなあ」

そして溜息《ためいき》をつくのが、がやがや騒ぎのなかからぽつんと聞えた。伊兵衛はちょっと眼をつむり、それからどこかを刺されでもしたように、ぎゅっと眉《まゆ》をしかめながら酒を呷《あお》った。

こういうところへあの女が帰って来た。いつもは夜半過ぎになるのに、客が取れなかったものかどうか、蒼ざめたような尖《とが》った顔で土間へ入って来て、このありさまを見るとあっけにとられ、濡《ぬ》れた髪を拭《ふ》こうとした手をそのまま、棒立ちになった。これを初めにみつけたのは源さんの女房《にょうぼう》である。子供がたびたび飴玉などを貰《もら》うので、なかでは女と親しくしていたが、そのときは酔って、昼間の出来事をつい忘れたとみえ、「おやおろくさんの姐《ねえ》さんお帰んなさい、いま三沢さんの旦那のおふるまいでこのとおりなんですよ、さあ姐さんも早くあがって」

こう云いかけたとき、説教節の爺さんがとびあがって叫んだ。

「おう帰ったな夜鷹《よたか》あま、あがって来い、飯を返してやるから此処へ来やあがれ」

中風ぎみで多少は舌がもつれるけれど、その声はすばらしく高く、眼はぎらぎらしていたし、軀《からだ》ぜんたいが震えた。みんなは黙った。唄も三味線もぴたりと止めて、一《いっ》斉《せい》に女のほうへ振向いた。

「人を盗人《ぬすっと》だなんてぬかしゃがって」爺さんは死にそうな声で続けた、「――てめえはなに様だ、よくもこの年寄のことを、さあ来やがれ、おらこのとおり食わずに取って置いたんだ、ざまあみやがれ、持ってけつかれ」

「まあ待って下さい、そう云わないで、まあとにかく」伊兵衛が立って爺さんをなだめた、「人には間違いということがありますからね、あの人も悲しいんですよ、人間はみんなお互いに悲しいんですから、もう勘弁して仲直りをしましょう」

彼はしどろもどろなことを云って、土間にいる女のほうへ呼びかけた。

「――貴女もどうぞ、なんでもないんですから、どうぞこっちへ来て坐って下さい、なにも有りませんけれど、みなさんと気持よくひと口やって下さい、すべてお互いなんですから」

「おいでなさいよ」

宿の主婦も口を添えた。

「——旦那がああ仰《おっ》しゃるんだから、此処《ここ》へ来て御馳走《ごちそう》におなんなさいな」

続いてみんながすすめた。酒のきげんばかりでなく、この人たちは喜びや楽しみを独占することができないのである。夕ガ直しの源さんの女房が立ってゆき、手を取って女をつれて来た。彼女はつんとすました顔で坐り、義理で飲んでやるんだというふうに、黙って反りかえって盃《さかずき》を取った。

「さあ賑やかにやりましょう」伊兵衛は大きな声で云った、「——天が吃驚《びっくり》してこの雨をしまいこむように、さあひとつ、みんなで……」

そしてまた騒ぎが始まると、伊兵衛はようやく勇気が出たようすで、自分の前にある膳を持って立ち、妻のいる三帖《じょう》へ入っていった。

おたよは脚のちんばな小机に向って、手作りの帳面に日記を書いていた。ながい放浪の年月、それだけが楽しみのように、欠かさずつけて来た日記である。うす暗い行燈の光りを側《そば》へ寄せて、前踞《まえかが》みに机へ向っている妻の姿を見ると、伊兵衛は膳を置いてそこへ坐り、きちんと膝を揃《そろ》えておじぎをした。

「済みません、勘弁して下さい」

おたよは静かに振返った。唇には微笑をうかべているが、眼は明らかに怒っていた。

「賭《か》け試合をなさいましたのね」

「正直に云います、賭け試合をしました」

伊兵衛はまたおじぎをした。

「どうにもやりきれなかったもんだから、あんなことを聞くと悲しくって、どうしたって知らん顔をしてはいられませんからねえ、とにかくみんな困っているし、雨はやまないし、どんな気持かと思うと、もうじっとしていられなかったんです」

「賭け試合はもう決してなさらない約束でしたわ」

「そうです、もちろんです、しかしこれは自分の口腹のためじゃないんですからね、私は、ええ私もそれは少しは飲んだですけれども、少しよりは幾らか多いかもしれませんけれども、みんなあんなに喜んでいるんだし」

そしてもういちど彼はおじぎをした。

「――このとおりです、勘弁して下さい、もう決してしませんから、そしてどうかこれを、……勘弁する証拠に、ひと箸《はし》、ほんのひと箸でいいですから」

おたよは悲しそうに微笑しながら、筆を措《お》いて立ちあがった。

三

明くる朝まだ暗いうちに、伊兵衛は古い簑笠《みのかさ》を借り、釣《つ》り竿《ざお》と魚籠《びく》を持って宿を出た。城下町のほうへ三丁ばかりいったところに、間馬川という川があり、この近所での鮎《あゆ》の釣り場といわれていた。

彼も宿の主人に教えられて、二度ばかりでかけ、小さなのを五六尾あげたことがあるが、その朝はどうやら釣りが目的ではなく、宿から逃げだすためにでかけたようであった。

彼はへこたれて、しょげた顔で、ときどきさも堪《たま》らないというように首を振り、溜息をついた。橋を渡ってすぐ左へ、堤の上を二丁ばかりもゆくと、岸に灌木《かんぼく》の茂ったところがある。まえに来た場所であるが、そこでちょっと立停《たちどま》って、またふらふら歩きだし、堤を下りて松林の中へ入っていった。

「はあ、もう七年になるんだ、はあ」

林の中は松の若葉が匂《にお》っていた。笠へ大粒の雨垂れがぱらぱらと落ちた。

「おれは構わないとして、おたよは、どんな気持でいるか、ということだろう、それを、うまいようなことを云って、誓いをやぶって、賭け試合などして、……はあ、つづめたところ、自分が飲みたかったのでしょう、そうでしょう、舌なめずりをしてでかけたじゃないか、いそいそと嬉しそうに、ひやっ」

伊兵衛は首を縮め、ぎゅっと眼をつむった。

三沢の家は松平壱岐守《いきのかみ》に仕えて、代々二百五十石《こく》を取っていた。父は兵庫助《ひょうごのすけ》といい、彼はその一人息子で、幼い頃ひどく躯《からだ》が弱かったため、宗観寺という禅寺へ預けられた。住職の玄和という人にたいそう愛され、大きくなってからもずっと往来が絶えなかった。

躯と同じように性質も弱気で、ひっこみ思案の、泣いてばかりいる子だったが、和《お》尚《しょう》の巧みな教育のおかげだろう、十四五になるとすっかり変って、体も健康になり、気質も明るく積極的になった。

――石中に火あり、打たずんば出《い》でず。

これが玄和の口癖であったが、伊兵衛はこの言葉を守り本尊のようにしていた。学問でも武芸でも、困難なところへぶつかるとこれをじっと考える。石の中に火がある、打たなければ出ない、どのように打つか、さあ、どう打ったら石中の火を発することができるか、さあ……こんなぐあいにくふうするのである。すると（万事とはいかないが）たいていのばあい打開の途《みち》がついた。

学問は朱子、陽明、老子にまで及び、武芸は刀法から、槍《やり》、薙刀《なぎなた》、弓、柔術、棒、馬術、水練とものにして、しかもみんな類のないところまで上達した。

では伊兵衛はぐんぐん出世したろうか。

否《いな》、まったく逆であった。彼はそのために主家を浪人しなければならなかった。

理由は二つあるようだ。一つは彼の腕前が桁外《けたはず》れになったこと、もう一つは彼の気質である。摘要すると、剣術でも柔術でも、極めて無作為であって無類に強い。二十一二歳の頃にはその道の師範ですら相手にならなくなったが、格別に珍奇な手法を弄《ろう》するわけではなく、ごく簡単に、まさかと思うほどあっけなく勝負がついてしまう。

——石中の火を打ち出す一点。

つまり彼がその「一点」をみいだしたとき、勝敗が定《き》まるというのである。しかしそれがあまりにむぞうさであまりに単純明快であるため、当の相手は、ひっこみがつかなくなるし、観《み》ている人たちはしらけた気持になるし、彼自身はてれるという結果になった。

父の兵庫助が死に、彼は二十四歳で家督相続をした。同時に同じ家中《かちゅう》の呉松《くれまつ》氏から嫁を迎えたが、これがおたよであるが、間もなく母親も父のあとを追って亡《な》くなると、にわかに彼は居辛《いづら》いような気持に駆られだした。……玄和老のおかげでずいぶん積極的にはなったものの、本性までは変らないとみえ、自分の腕前が強くなるのと反比例して、性質はいよいよものやさしく、謙遜《けんそん》柔和になっていった。

勝って驕《おご》らないのは美徳かもしれないが、伊兵衛は勝つたびにてれたり済まながったりする。本気になって済まながり、てれるので、相手はますますひっこみがつかない。周囲の者もなんとなくさっぱりしないし、そこで彼自身は悪いことでもしたような気分になる。こういうことが重なってゆき、だんだん気まずくなり、（直接には藩の師範たちの策動も少しはあったが）ついに自らいとまを願って退身した。

――これだけの心得《こころえ》があるのだ、いっそ誰も知らぬ土地へいって、新しく仕官するほうが双方のために安泰だろう。

おたよとも相談し、承諾を得て旅に出たのである。しかしいけなかった。機会はあったけれども、さて技倆《ぎりょう》だめしの試合をする、となるとふしぎにぐあいが悪い。その土地その藩の師範、または無敵と定評のある者を例のようにごく簡単に負かしてしまう。するとあまりのあっけなさにお座がしらけて、なんとなく感情がこじれたようになり、腕前は褒《ほ》められるが仕官のはなしは纏《まと》まらない、という結果になった。

――こんな筈《はず》はない、これだけの実力があるのにどこが悪いのだろう。

彼は反省もし熟慮もし悩みもした。二度か三度はうまくいったこともある、だがそうなるとまたべつの故障が起こった。自分に負けて職を失う相手が気の毒になるとか、相手に泣き言を云《い》われる（事実「どうか仕官を辞退して貰いたい、自分がいま失職すると妻子を路頭に迷わせなければならないから」と哀訴されたこともある）といったぐあいで、そうなると彼としては恐縮し閉口し、こちらからあやまって身を退《ひ》く、ということになるのであった。

主家を去るときはかなりな旅費を持っていたが、三年めにはそれも無くなり、やむなく町道場などで賭け試合をするようになった。これは断然うまくいった。向うが応じて呉れさえすれば間違いなく勝つし、ときには莫大《ばくだい》な金になることもあった。しかしやがて妻に気づかれ、泣いて諌《いさ》められ、今後は絶対にしないという誓いをさせられたのである。

云うまでもない、たちまち窮迫した。

——わたくしも手内職くらい致しますから、どうかあせらずに時節をお待ちあそばせ。

おたよはそう云い始めた。彼女は九百五十石の準老職の家に生れ、豊かにのびのびと育った。それが馴《な》れない放浪の旅の苦労で、軀も弱り、すっかり窶《やつ》れてしまった。伊兵衛はその姿を見るだけでも息が詰りそうになる。身もだえをしたいほど哀れになるので、内職などと聞くと震えあがって拒絶した。とんでもない、それだけはあやまって、代りに彼自身が一文あきないを考えた。

あきないといっても定《きま》ったものではない。弥次郎兵衛《やじろべえ》とか、跳び兎《うさぎ》とか、竹蜻蛉《たけとんぼ》、紙鉄砲、笛など、ごく単純な玩具を自分で作ったのや、季節と場所によっては小鮒《こぶな》や蟹《かに》、蛙《かえる》などという生き物を捕って、もっぱら小さな子供相手に売るのである。泊る宿もしだいに格が下って、いつかしらん木賃宿にも馴れた。もともと彼は子供が好きなので、そんなあきないも決して不愉快ではないし、安宿の客たちも（例外はあるが）純朴《じゅんぼく》で人情に篤《あつ》く、またお互いが落魄《らくはく》しているという共通の劬《いたわ》りもあって、いかにも気易《きやす》くつきあうことができた。

「それが身に付いてしまったのだ、なさけない、なさけないと思いませんか、伊兵衛うじ」

彼はべそをかき、溜息をした。気がつくと松林の中に立停ったままで、しきりに笠を雨垂れが叩《たた》いていた。

「もうそろそろ本気にならなければ、いくらなんでもおたよが可哀《かわい》そうじゃないか、おたよがどんな気持でいるか、ということを考えたら、そうでしょう、そうだろう伊兵衛」

彼はふと脇のほうへ振向いた。そっちのほうで人声がし始めたからである。見ると松林のすぐ向うの草原に、四五人の侍たちが集まってなにか話していた。簑笠を衣《き》て釣り竿を持って、こんな処《ところ》にぼんやり佇《たたず》んでいる恰好《かっこう》をみつかったら恥ずかしい。いそいで歩きだそうとしたが、そこでまた振返った。なにか険悪な声がしたと思ったら、侍たちがぎらりぎらりと刀を抜いたのである。

——ああいけない。

伊兵衛は吃驚《びっくり》した。そして、それが一人の若者を五人がとり巻いているのだとわかると、われ知らず釣り道具を投げだし、松林の中からそっちへ駆けだしていった。

「おやめなさい、やめて下さい」

彼はそう叫びながら手を振った。

四

こぬか雨のなかで、かれらはみな血相を変え、凄《すご》いほど昂奮《こうふん》し、殆《ほと》んど逆上していた。

「どうかやめて下さい、待って下さい」

伊兵衛は側へ駆け寄って、両方を手で押えるような恰好をして云った。

「怪我《けが》をしたら危ないですから、そんな物を振りまわすなんて、けんのんなことはやめて下さい、どうかみなさん」

「さがれ下郎《げろう》、やかましい」とり巻いているほうの一人が喚《わめ》いた、「よけいなさし出口をするとおのれから先に斬《き》ってしまうぞ」

「それはそうでしょうけれども、とにかく」

「まだ云うか、この下郎め」

「まあ危ない、そんな乱暴な、あっ」

逆上している一人が（脅《おど》かしだろうけれど）刀を振上げて向って来た。伊兵衛はどう躱《かわ》したものか、相手の利《き》き腕《うで》を摑《つか》み、かれらのまん中へ割って入りながら、「お願いします、わけは知りませんがやめて下さい、つまらないですから、どうか」

利き腕を摑まれた侍はじたばたするが、どうしても伊兵衛の手から遁《のが》れることができない。これを見て伴《つ》れの四人は怒って、

「下郎から先に片づけろ」

こう叫んで、これまた刀を閃《ひらめ》かして向って来た。伊兵衛は困って横へ避け、「よして下さい、そんな、ああ危ない、それだけはどうか、とにかく此処は、あっ」

手を振り、おじぎをし、懇願しながら、右に左に、跳んだり除《よ》けたり廻《まわ》りこんだり、

なんともめまぐるしく活躍し、みるみるうちに五人の手から刀を奪い取り、それを両手でひと纏めにして、頭の上へ高くあげながら、「どうか許して下さい、失礼はお詫《わ》びします、このとおりですから、どうかひとまず」などと云い云い逃げまわった。

これより少しまえ、松林とは反対側にある道へ、三人の侍が馬を乗りつけて来て、この場のようすを眺めていた。そうして、逃げまわる伊兵衛を五人の者が、「刀を返せ」とか「この無礼者」「待て下郎」などと喚きながら追いまわすのを見て、初めて馬を下り、そのなかの二人がこっちへ近寄って来た。

「鎮《しず》まれ、見苦しいぞ」

四十五六になる肥えた侍が、よく徹《とお》る重みのある声で制止した。

「はたし合いは法度《はっと》である、控えろ」

「御老職であるぞ」

もう一人がどなった。

「――みな鎮まれ、御老職のおいでであるぞ」

よほど威勢のある人とみえ、このひと言でみんなはっとし、すなおに争闘をやめた。

御老職といわれたその中年の侍は、ぐっとかれらを睨《にら》みつけ、すぐに伊兵衛のほうへ来た。「何誰《どなた》かは知らないがよくお止め下すった、私は当藩の青山主膳と申す者、厚くお礼を申上げます」

「はあ、いやとんでもない」

もちろんさし上げていた刀は下ろしていたが、彼は例によって恐縮し、赤くなった。

「——却《かえ》って私こそ失礼なことを致しまして、みなさんをすっかり怒らせてしまいまして」

「血気にはやる馬鹿者《ばかもの》ども、さぞ御笑止でございましたろう、失礼ながらそこもとは」

「はあ、三沢伊兵衛と申しまして、浪人者でございまして、向うの川へ釣りにまいったのですが、こちらが危ないもようだったものですから、つい知らずその、こういうことに」

「当地に御滞在でいらっしゃるか」

「追分《おいわけ》の松葉屋という、いやとんでもない、どうかあれです、私のことなど決してお気になさらないように、ほんのなにしただけですから」

彼は刀をそこへ置き、おじぎをしながら後退した。

「——どうかお構いなく、妻が待っておりますし、借りた釣り竿も放りだしたままですし、失礼します」

そしていそいでそこを去った。

釣り竿も魚籠も元の処にあった。もう釣りをする気にもなれないので、それらを拾いあげると、がっかりしたような気持で帰途についた。

「はたし合いだなんて、危ないことをするものだ」

歩きながら彼は呟いた。

「親兄弟、妻子のいる者もあるだろうに、つまらない意地とか、武士の面目とかいうことでしょう、……しかし失敗だったですなあ、頭の上へ刀を五本、両手でさし上げて、あやまりながら逃げまわったというのは、われながらあさましい、しかもそれを見られたのだから、うっ」

伊兵衛は首を縮めて呻《うめ》いた。

宿へ帰ったが、する事がなかった。あきない用の玩具も余るほど作ってあるし、もっと作るにしても材料を買う銭が（宿賃があるので）心配だった。深酒をした翌日で、しきりに飲みたい誘惑もある、しようがないので、朝昼兼帯の食事をして寝てしまった。

眠りのなかで彼はすばらしい夢をみた。どこかの藩主が家来を大勢伴れて来て、ぜひとも召抱えたいというのである。

——また気まずいことになりますから。

と彼は辞退した。藩主はぜひぜひと譲らず、食禄《しょくろく》は千石だすと云った。千石となると話はべつである。彼は胸がどきどきし、いよいよ時節が来たかと思って、夢のような幸福な気分に満たされた。そのとき妻に起こされた。

「お客さまでございます」

三度めくらいに彼は眼をさました。そしてやっぱり夢だったかと、少なからずがっかりしたが、客は藩中の侍だと聞いて、こんどははっきりと眼がさめた。

「侍ですって、それは、いやすぐ出ます、ちょっと顔だけ洗って」

伊兵衛は裏へとびだしていった。

客はあの草原へ馬を乗りつけた一人で、「御老職であるぞ」と号令をかけた男だった。年は三十四五、名は牛尾大六というそうで、この安宿には閉口したらしく、土間に立ったまま用件を述べた。要約すると、今朝の礼に一盞《いっさん》献じたいし、また話したいこともあるから、青山主膳宅までぜひ来て貰《もら》いたい、というのであった。伊兵衛はわくわくした。

——正夢かもしれない。

前兆ということも軽蔑《けいべつ》はできない。よければ同道する、駕籠《かご》が待たしてあるからというので、待って貰って支度をした。

「どういう御用でございますか、どこでお知合いになった方ですか」

おたよは心配そうに訊《き》いた。彼は失望させたくなかったので、詳しいことは帰って話すと云い、古くはあるが紋付の衣服に袴《はかま》をつけて、久方ぶりに大小を差して、同宿者たちの訝《いぶか》しさと羨《うらや》ましげな眼に送られながら、牛尾大六と共に出ていった。

五

青山邸では酒肴《しゆこう》のもてなしを受けた。

相客はなく、主膳と二人だけで、林という若い家士が給仕をした。老職というがどのくらいの身分であるか、ずいぶん広大な構えだし、客間から見える中庭の樹石も、尋常よりは凝ったもののようであった。

主膳は朝の出来事には触れず、礼を述べるとすぐに伊兵衛の手腕を褒《ほ》めだした。

「実は道から拝見していたのだが、かれらも相当に腕自慢なのだが、まるで子供のようにあしらわれたのには一驚でした、失礼だが御流儀は」

「はあ、小野派と抜刀をやりました、しかしもちろんまだ未熟でして」

「無用な御謙遜は措《お》いて、それだけのお腕前をもちながら浪人しておられるには、なにか仔細《しさい》のあることと思うが、もし差支《さしつか》えなければお話し下さらぬか」

「それはもう、仔細というほどのことはなし、まるでお笑い草のようなものですが」

伊兵衛は身の上のあらましを話した。習慣として旧主家の名はそれとは云わない。ほのめかす程度で相手も納得するわけであるが、彼の話しぶりの謙譲さが、内容の不明確さを補ったとみえ、浪人した理由も、その後の任官がうまくいかなかったわけも、主膳にはおよそ理解がついたようであった。

「そういうことも有りそうですな、うむ、私などには奥ゆかしく思われる御性分が、他のばあいには却って邪魔になる、まわりあわせというか、運不運というか、宿命というか」主膳はなにやら云って頷《うなず》いて、「――では剣法のほかにも弓馬槍術《そうじゅつ》、やわらなども御《ご》堪能《たんのう》なわけですな」

「堪能などとはとんでもない、中上げたとおりまことに疎忽《そこつ》なものでございまして」

「いやわかりました、うちあけて云うとこんな早急にお招きしたのは、私のほうにも一つお願いがあるのです」

つまりもういちどここで腕を見せて貰いたい、実はそのために相手をする者を三人待たせてある、というのであった。そのときはもうかなり酒がはいっていた。主膳が意識的に飲ませたようでもあるが、伊兵衛はどちらかというと少し酔っているほうがいいので、むろん快活に承知した。

「よろしかったら唯今《ただいま》でも結構です」

「では御迷惑でもあろうが」

主膳が声をかけると牛尾大六が来た。次の間にいたらしい。あちらの用意をきいてまいれと云われ、さがっていったが、すぐに用意のできていることを復命した。

案内されたのは道場であった。この家に付いて建てられたもので、母屋《おもや》の廊下を二た曲りしたところに在り、小さいながらも造りも正式だし、控え部屋もあるもようだった。……主膳のあとから伊兵衛が入ってゆくと、その控えのほうからも三人、こちらと間を合わせるように出て来た。だがどうしたことか、その三人の中の一人は、伊兵衛の姿を見るとぎょっとし、伴れの者になにごとか云うと、そのまま控え部屋へ引返してしまった。

伊兵衛はべつに気にもとめず、隅《すみ》へいって袴の股立《ももだち》をしぼり、大六の持って来た木刀の中からよく選みもせずに一本取った。鉢巻《はちまき》も襷《たすき》もしないのである。向うでも一人が支度をし、やや長い木刀を持って、主膳になにか囁《ささや》いていた。二十七八になる小柄《こがら》な青年で、色の黒い精悍《せいかん》そうな顔に、白い歯が際立《きわだ》ってみえた。

やがて主膳の紹介で二人は相対した。青年は原田十兵衛というそうで、伊兵衛の構えを見ると、にやっと微笑した。腰の伸びた間のぬけたような構えが可笑《おか》しかったらしい。伊兵衛はそうとも知らず、眼を細くして頰笑《ほほえ》み返し、おまけにひょいとおじぎをしたので、原田青年は危うく失笑しそうになった。むろん失笑しはしない。辛《から》くもがまんしたが、大いに気は楽になったらしく、積極的に掛け声をあげて、頻《しき》りに闘志の旺《さか》んなところを示した。

伊兵衛の構えはずんべらぼうとしたものだった。まるっきり捉《つか》まえどころがない。逞《たくま》しく厚い肩を少し前跼《まえかが》みにして、木刀を前へつき出して、尻下《しりさが》りの眼でものやさしげに相手を眺めている。うっかりすると睨《にら》めっこでも始めそうな恰好だった。

原田青年が鋭く叫び、非常な勢いで軀《からだ》ごと打ち込んだ。小柄な軀がつぶての飛ぶように見えた。が、伊兵衛はただ爪尖《つまさき》で立って、木刀をすっと頭上へ挙げただけである。原田青年はすっ飛んでいって道場の羽目板へ頭でもって突き当り、独りではね返って、ぶっ倒れて、だがすぐ半身を起こして、ちょっと考えて、「まいった」と叫んだ。

「どうも済みません」伊兵衛は恐縮そうにおじぎをした、「——失礼致しました」

次は鍋山《なべやま》又五郎という三十六七の男で、これはおそらく師範役であろう。静かな眼になみなみならぬ光りがあり、態度も沈着で、隙《すき》のないおちつきをみせていた。

「少し荒いかもしれません」鍋山は平静な声でそう云《い》った、「——どうかそのおつもりで」

「は、どうかなにぶん、よろしく」

伊兵衛は気軽くおじぎをし、まえと同じ構えで、まえと同じようにものやさしく相手を見た。鍋山は左の足をぐっと引いて半身になり、木刀の尖《さき》を床につくほど下げ、(地《じ》摺《ず》り青眼とでもいうのか)凄味《すごみ》のある構えで、じんわりと伊兵衛の眼に見いった。

こんどは少し暇がかかった。どちらも黙っているし、びくっとも動かない。ただ伊兵衛がずんべらぼうとしているのに、鍋山の五躰《ごたい》はしだいに精気が満ち、その眼光は殺気をさえ帯びてくるようであった。そうしてかなりの時間が経《た》つうちに、鍋山の木刀の尖は悠《ゆっ》くりと、眼に見えぬくらい緩慢な動きで、少しずつ、少しずつすり上り、いつかしら、やや低めの青眼に変った。

機は熟したようだ。緊張は頂点に達し、まさに火花が発するかと思えた。

そのとき伊兵衛の木刀が動いて、相手の木刀をひょいと叩《たた》いた。ごく軽く冗談のようにひょいと叩いたのであるが、相手の木刀は尖端《せんたん》を下に向けて落ち、ばきっといったふうな音をたてて床板に突立った。

「あ、これはどうも」伊兵衛はうろたえて頭に手をやり、「——どうもこれは、とんだことを致しました、大事な道場へ傷をつけてしまいまして、これはなんとも、どうも」

そして突立った木刀を抜いて、穴のあいた床板を済まなそうに撫《な》でた。

鍋山又五郎は惘然《もうぜん》と立ったままだった。

六

伊兵衛は日が昏《く》れてから宿へ帰った。たいへん上機嫌《じょうきげん》で、酒に赤くなった顔をにこにこさせて、これは戴《いただ》いた土産だと、大きな菓子の折を妻に渡した。

「夕食を待っていて呉《く》れるだろうと思ったんだけれど、あまり熱心にすすめられるのでついおそくなってね、ええ」

彼は着替えをするあいだも、うきうきと話し続けた。

「――もっと早く、ほんのもう一刻《とき》もすれば帰れると思っていたんだが、たいへん御《ご》馳走《ちそう》になったりして、それに話もあったものですからねえ」

脱いだ物を片づけていたおたよは、着物の袂《たもと》から紙包をみつけて、不審そうに良人《おっと》を見た。その重みと手触りで、金だということがわかったからである。

「ああ忘れていた、すっかり忘れていましたよ、それは青山さんから貰いましてね、御前へあがるのに必要な支度をするようにって」

「御前と仰《おつ》しゃいますと」おたよは不安そうに訊《き》き返した、「――それにいま何誰《どなた》かとも仰しゃいましたけれど、わたくしにはなにがなにやらわかりませんわ」

「そうそう、そうですとも、少し酔ってるんですよ、ええ、済まないが水を一杯下さい」

伊兵衛は水を飲みながら話しだした。

こんどは調子が渋くなり、言葉づかいもずっとおちついてきた。夫婦のあいだではもう長いこと「仕官」の話は禁物のようになっていた。あまりにたび重なる失敗で、お互いが希望をもつことを避け、できるだけその問題に触れないようにしていたのである。初めは嬉《うれ》しまぎれと酔った勢いで、つい彼ははしゃいでしまったが、妻の顔色でようやく冷静にかえり、今日あった事をかい摘《つま》んで、いかにもさりげなく語った。

「ではお三方と試合をなさいましたのですか」

「いや二人ですよ、一人はなにか急に故障が出来たそうで、その道場までは来たんだが、……しかし本当はこの次の試合まで待たせたのかもしれませんね、改めて城中で正式にやることになったんですから」

おたよは用心ぶかく、諦《あきら》めた顔つきで頷いただけだった、それは、「あまり期待なさらないようにと云いたいのであるらしい。伊兵衛もむろんと云ったふうに、「どっちでもいいんだけれど、向うが折角そう云って呉れるんですからねえ、それに支度金でなにか買えばそれだけ儲《もう》かるし、いやいや、とんでもない、これは冗談ですよ」

こう云ってから、ちょっと意気ごんで、「――だがともかく青山という人は人物らしい、これまでの事もすっかり話しましたがねえ、その理解のして呉れ方がまるで違うんですよ、ええ、ほかの人間とは桁《けた》違いなんです、おまけに幸運というかどうか、ちょうど殿様の教育係を捜しているんだそうで、弓とか槍《やり》とか乗馬なども一流の者が欲しい、たいそう武芸に熱心な殿様なんだそうで、もちろんそれだからといって喜びやしませんが、ええ、しかしこんどはどうやら、まあ、なんとかこんどはという気がするんですよ」

「それではもう、お夕餉《ゆうげ》は召上らぬのでございますか」

おたよはさりげなく話をそらした。良人の気持にまきこまれまい、話だけで信用してはいけない。こう自分を抑えているようすが、伊兵衛にはいかにも哀れに思えるのであった。

翌日もやはり雨が降っていたが、彼は城下町までいって、出来合の裃《かみしも》や鼻紙袋や、扇子、足袋《たび》、履物などを買い、かなり金が余るので、妻のために釵《かんざし》を買った。

――おたよに物を買うなんて久方ぶりだなあ。

多少いい心もちになったが、道へ出て歩きだすと、例のどこか刺されでもしたような表情でぎゅっと眉《まゆ》をしかめた。

――冗談じゃない。

久方ぶりどころか、妻のために物を買うなどということは初めてである。結婚して八年半、彼女が実家から持って来た物は、すべて売ってしまった。松平家を退身するときには、まだ小さな道具類は持っていたが、それも放浪ちゅうに残らず売ってしまった。しかもこちらから買ってやった物は一つもないのである。彼はしょげて、溜息《ためいき》をついた。それから急に顔をあげ喧嘩《けんか》でも売るようなぐあいに、「だがこんどは正夢ですからね」こう呟《つぶや》いて天を睨《ね》めつけた、「――使いの来るすぐまえに前兆もあり、あらゆる条件が揃《そろ》ってるんだから、それにもうそろそろ、いくらなんでもそろそろ時節が来てもいい頃《ころ》だよ」

伊兵衛は元気に雨のなかを歩きだした。

それから五日めにとつぜん雨があがった。前の晩の夜半までそんなけぶりさえなく、無限のようにしとしとと降っていたのが、明けてみるとからっと晴れて、それこそぬけるような青空にきらきらと日が照っていた。

「あがったぞ、雨があがったぞ、天気になったぞ」

同宿者たちの一人ひとりが、空を見あげてはそう叫んだ。生活をとり戻《もど》した者の素《そ》朴《ぼく》なそして正に歓喜にわきたつような声であった。そして伊兵衛のところへも主膳から使者が来た。登城の支度で来い、というのである。

「すばらしい吉兆ですね、これは」

伊兵衛はにこにこしながらそう云いかけたが、妻の諦めた顔を見ると慌《あわ》てて、「私のほうはなんだけれども、みんな二十日以上も降りこめられていたんだからねえ、これでみんな救われますよ、ええ、あの喜びようをごらんなさい、私たちまで嬉しくなってしまうでしょう」

「わたくしも出立《しゅったつ》の支度をしておきますわ」

「そうですね、そう」彼はちょっと妻を見て、「――しかし今日というわけにはいかないですよ、帰りがおそくなるかもしれませんからね」

「足袋を先にお召しあそばせ」

おたよはやはりさりげなく話をそらした。

七

伊兵衛は午後おそく、日の傾く頃に帰って来た。

首尾は上々だったのだろう、こみあげてくる嬉しさを懸命に抑えているが、抑えても抑えてもこみあげてくるので、われながら始末に困るといったふうな、不安定な渋い顔をしていた。

「帰りに青山さんへ寄ったものだから」

彼はこう云って、大きな包をそこへ置いた。

「——祝いにどうしても一盞《いっさん》ということで、もちろん今日は辞退したけれども、寄らないのも失礼ですからねえ、これは殿様からの引出物です」

家紋を打った紙に包まれた包が二つ、おたよはどきっとしたようすであるが、すぐ平静にかえって、そっと押戴《おしいただ》いて隅《すみ》へ片づけた。

「今日はひとつ、飲ませて下さい」

伊兵衛は裃を脱ぎながら云った。

「はいかしこまりました」

おたよもその返辞だけは明るかった。

大体としてこういう安宿には風呂《ふろ》はない。彼は十町ばかり西の宿にある銭湯へいって来て、それからつつましい酒の膳《ぜん》に向った。おたよは給仕をしながら、同宿者の誰《だれ》それと誰それが出立したこと、誰それと誰それは明日立つこと、出立した人々の伝言や、お互いに泣き合ったことなどを、しみじみとした口ぶりで、珍しく多弁に語った。

「こういうお宿へ泊る方たちとは、ずいぶんたくさんお近づきになりましたけれど、いつもみなさんやさしい善《よ》い方ばかりでしたわね、自分の暮しさえ満足でないのに、いつも他人のことを心配したり、他人の不幸に心から泣いたり、僅《わず》かな物を惜しみもなく分けたり、……ほかの世間の人たちとはまるで違って、哀《かな》しいほど思い遣《や》りの深い、温かな人たちばかりでしたわ」

「貧しい者はお互いが頼りですからね、自分の欲を張っては生きにくい、というわけだろうね」

「説教節のお爺《じい》さんはこう云っておいででした、もうお眼にはかかれませんが、どこへいってもお二人の御繁昌《ごはんじょう》を祈っております」おたよはそっと眼を伏せた、「——それから涙を拭《ふ》いて、このあいだのことは死ぬまで忘れません、あんなに有難《ありがた》い、嬉しいことは生れて来て初めてだった、世の中はいいものだということを、この年になって初めて知りましたって……わたくし胸が詰ってしまいました」

「もうよしましょう、私にはそういうおたよのほうがもっと哀しい、辛《つら》いですから」

伊兵衛はしぼんだ顔になり、それから急に浮きたつように云った。

「しかしもうこれもおしまいです、と云ってもいいと思うんだが、実は今日は食禄《しょくろく》の高までほぼ内定したんでねえ」

「――このまえにも、いちど」

「いや今日は違うんですよ、剣術もやったし、弓は五寸の的を二十八間まで延ばしたし、馬は木曾《きそ》産の黒《あお》で、まだ乗った者がないという悍馬《かんば》をこなしましたがね、それはそれとして話はべつなんです」

藩主は永井氏で信濃守《しなののかみ》篤明といい、まだ世継ぎをして間のない、二十そこその若さだったが、たいそう武芸に熱心であり、また大いに藩政改革をやろうという、新進気鋭の人であった。そして伊兵衛の技倆《ぎりょう》を見て、ぜひ当家に仕えるようにと云ったが、それは前任者を排して召抱えるのではなく、新たに人増しをするというのであった。

「それだからといって、絶対だとはむろん思いはしないけれども、とにかくこんどはね、そこまで疑うというのもねえ」

「それはそうでございますとも」おたよはそらすように頷いた。「――お代りをつけましょうか、お食事になさいますか」

には願わずにはいられなかった。

「そうだね、そう、食事にしましょう」
久しぶりで充分に腕だめしをして、彼の全身は爽快《そうかい》な疲れと満足に溢《あふ》れていた。そのうえ仕官の望みは九分どおり確実である。これまでの例があるから、妻は信じようとしないし、できるだけそのことに触れたくないようであるが、伊兵衛としてはそれが哀れであり、どうかして（断言はせずに）少しでも安心させてやりたいと願わずにはいられなかった。

明くる日は同宿者のうちから三人出立していった。夕ガ直しの源さんの女房《にょうぼう》は、背負った子供を揺りあげしながら、「もうお眼にかかれませんわねえ、どうかお二人ともお大事になすって下さいましよ、御出世をなさるようにお祈り申しておりますからねえ、ほんとにいろいろと御親切にして頂いて、お世話さまでございましたよう」

こう云って袖口《そでぐち》で涙を拭いた。

「みなさんが定《きま》って、もうお眼にかかれないと仰しゃるのね」おたよがあとで云った、「――これまでも定ったようにそう仰しゃいましたわ、どうしてまたいつか会いたいと仰しゃらないのでしょうか」

伊兵衛はさあねと云って、うろたえたように眼をそらした。

――あの人たちには今日しかない、自分自身の明日のことがわからない、今いっしょにいることは信じられるが、また会えるという望みは、もつことができないのである。

それは旅を渡るかれらに限ったことではない、人間はすべて、……こんなふうなしめっぽい感想がうかんだからであった。

夕方になると新たな客が五人来た。中に猿廻《さるまわ》しがいて、夕食のあとで猿に芸をさせてみせ、自分でも諸国の珍しい鄙唄《ひなうた》などうたった。同宿者たちは大いに喜んだが、猿廻しが頃合《ころあい》をみはからって、「みんなが少しお鳥目《ちょうもく》をはずんで呉れれば、これから猿に閨《ねや》ごとを踊らせてみせる」と云うと、かれらはみれんなくそこを離れて、居場所へ戻ってしまった。

その翌朝。食事を済ませると間もなく、おたよは荷物を片づけ始めた。

「今日はいいお日和《ひより》でございますわ」なにかを包みながら、独り言のように彼女はそう云った、「――少し雲があるくらいな日でも、あの峠はよく雨が降るそうですから、越すなら今日のような日がいいと云いますわ」

八

「そう、実に今日はよく晴れた」

伊兵衛は話をそらすように、低い庇越《ひさしご》しに空を見あげ、貧乏ゆすりをし、また空を見あげ、そして立ちあがった。

「おでかけなさいますの？」

「いやでかけやしない、ちょっとその」

彼は宿の外へ出て、おちつかない眼つきで城下町のほうを眺めやった。かなり苛々《いらいら》しているらしい、ふとそっちへ歩きだしそうにして、思い返して、短い太息《といき》をついた。そのときうしろで、いきなりテテンテテンと太鼓の音がした。あまり突然だったので、彼は吃驚《びっくり》して横へとび退《の》いた。

「お早うございい、今日円満大吉でございい」

猿廻しであった。どこかしら歪《ゆが》んだしなびたような軀《からだ》つきの、不自然に陽気なその猿廻しは、そんな挨拶《あいさつ》をして、猿を背中にとまらせ、太鼓を叩《たた》きながら、足早に城下町のほうへ去っていった。

「天気は申し分なしですがねえ」小部屋へ戻《もど》って、暫《しばら》くして伊兵衛がそう云《い》った、「ともかくまだ二日めだし、先方でもなんとか云って来るだろうしねえ、黙って立つというわけにもいかないと思うんだが」

「そうでございますわね、でもわたくし、支度だけはしておきますわ」

「それはそうですとも、どっちにしても此処《ここ》は出てゆくんだから……」

伊兵衛はどきりとして誇張していうと、かまきりのように首をあげた。馬の蹄《ひづめ》の音が、宿の前で停《とま》ったのである。おたよも聞きつけたのだろう、これもはっとしたようだったが、すぐわれに返って包み物を続けた。伊兵衛は立って衣紋《えもん》を直し、できるだけおちついた口ぶりで、「来たようだね」こう云いながら出ていった。

ちょうど土間へ牛尾大六が入って来るところだった。伊兵衛はどきどきする胸を抑え、できる限り平静を装い、やさしく微笑しながら上《あが》り端《はな》まで出迎えた。

「いや此処で失礼します」

牛尾大六は多少いまわしそうに、汚ならしい家の中を見まわして、このまえのときよりずっと切り口上で云った。

「主膳が申しますには、まことに稀《まれ》なる武芸者、その類のないお腕前といい高邁《こうまい》なる御志操といい、禄高《ろくだか》に拘《かかわ》らずぜひ御随身が願いたい、また藩侯におかれましても特に御熱心のように拝されまして」

「いやそんな、それは過分なお言葉です、私はそんな」

「そういうしだいで、当方としては既にお召抱えと決定しかかったのですが、そこに思わぬ故障が起こったのです」

伊兵衛は息をのみ、地面が揺れだすように感じて、ぐっと膝《ひざ》を摑《つか》んだ。

「故障といってものことではなく、責任はそこもとから出たのですが」大六は冷やかに続けた、「――それは貴方《あなた》が賭《か》け試合をなすった、城下町のさる道場において金子《きんす》を賭けて試合をし、勝ってその金子を取ってゆかれた……、もちろん御記憶でございましょう」

伊兵衛は辛うじて頷《うなず》いた。そしていつか青山家の道場で、相手の三人のうちの一人が、彼を見るなり逃げだしたことを思いだした。

「慥《たし》かに覚えております、覚えておりますけれども」伊兵衛はおろおろと、「――それは実はまことに気の毒な者がおりまして、この宿にいた客なんですが」

「理由のいかんに拘らず、武士として賭け試合をするなどということは、不面目の第一であるし、それを訴え出た者がある以上、当方としては手を引かざるを得ません、残念ながらこの話は無かったものとお思い下さるように」

牛尾大六は白扇の上に紙包を載せ、それを伊兵衛の前に置きながら云った、「主膳が申しますには、些少《さしょう》ながらこれを旅費の足しにでもお受け下さるよう、とのことでございました」

「いやとんでもない、こんな」伊兵衛は泣くような顔で手を振った。「――こんな御心配はどうか、いろいろ戴《いただ》いていることでもあり、どうかこんな」

「いいえ有難《ありがた》く頂戴《ちょうだい》いたします」

こう云いながら、おたよが来て、良人《おっと》の脇《わき》に坐《すわ》った。伊兵衛は狼狽《ろうばい》したが、大六も驚いて、あやふやに頭を下げてなにか云おうとした。しかしおたよはその隙《すき》を与えなかった。いくらか昂奮《こうふん》はしているが、しっかりした調子で、はきはきと次のように云った。

「主人が賭け試合を致しましたのは悪うございました、わたくしもかねがねそれだけはやめて下さるようにと願っていたのでございます、けれどもそれが間違いだったということが、わたくしには初めてわかりました、主人も賭け試合が不面目だということぐらい知っていたと思います、知っていながらやむにやまれない、そうせずにいられないばあいがあるのです、わたくしようやくわかりました、主人の賭け試合で、大勢の人たちがどんなに喜んだか、どんなに救われた気持になったか」

「おやめなさいたよ、失礼ですから」

「はい、やめます、そして貴方にだけ申上げますわ」おたよは向き直り、声をふるわせて云った――、「これからは、貴方がお望みなさるときに、いつでも賭け試合をなすって下さい、そしてまわりの者みんな、貧しい、頼りのない、気の毒な方たちを喜ばせてあげて下さいまし」

彼女の言葉は嗚咽《おえつ》のために消えた。牛尾大六は辟易《へきえき》し、ぐあい悪そうに後退し、そこでなんとなくおじぎをして、ひらりと外へ去っていった。

時刻は中途半端《はんぱ》になったが、区切りをつけるという気持で、二人は間もなく宿を出立した。あの晩の米も余っていたが、主膳の呉《く》れた金も折半して宿の主人に預け、またなが雨のときや困っている客があったら、世話をしてやって呉れるようにと頼んで、……夫婦が草鞋《わらじ》を穿《は》いていると、あのおろくさんという女がやって来た。病的に痩《や》せて尖《とが》った顔を（あいそ笑いらしい）みじめにひきつらせながら、「御新造《ごしんぞ》さんこれ持ってって下さい」と、薬袋の古びたのを三帖《ちょう》そこへ出した、「――草鞋にくわれたとき付けるといいんですよ、煙草《たばこ》の灰なんですけどね、唾《つば》で練って付けるとよく効きますよ、……もっといいお餞別《せんべつ》をしたいんだけど、そう思うばかしでね、……つまらないもんだけど」

「いいえ嬉《うれ》しいわ、有難う」

おたよは親しい口ぶりで礼を云い、本当に嬉しそうに、それをふところへ入れた。

宿の人たちに追分の宿はずれまで送られ、そこから右へ曲って峠へ向った。伊兵衛はなかなか落胆からぬけられないらしい、おたよはしいて慰めようとは思わなかった。

——これだけ立派な腕をもちながらその力で出世することができない、なんという妙なまわりあわせでしょう、なんというおかしな世間なのでしょう。

彼女はそう思う一方、ふと微笑をさそわれるのであった。

——でもわたくし、このままでもようございますわ、他人を押除《おしの》けず他人の席を奪わず、貧しいけれど真実な方たちに混って、機会さえあればみんなに喜びや望みをお与えなさる、このままの貴方も御立派ですわ。

こう云いたい気持で、しかし口には出さず、ときどきそっと良人の顔をぬすみ見ながら、おたよは軽い足どりで歩いていった。

伊兵衛もしだいに気をとり直してゆくようだった、失望することには馴《な》れているし、感情の向きを変えることも（習慣で）うまくなっている。ただ妻のおもわくを考えて、そう急に機嫌を直すわけにはいかない、といったふうであった。

だがその遠慮さえつい忘れるときが来た。峠の上へ出て、幕でも切って落したように、眼の下にとつぜん隣国の山野がうちひらけ、爽《さわ》やかな風が吹きあげて来ると、彼はぱっと顔を輝かして、「やあやあ」と叫びだした。

「やあこれは、これはすばらしい、ごらんよあれを、なんて美しい眺《なが》めだろう」

「まあ本当に、本当にきれいですこと」

「どうです、軀《からだ》じゅうが勇みたちますね、ええ」

彼はまるい顔をにこにこと崩し、少年のように活き活《い》きとした光りでその眼をいっぱいにした。早くもその眺望《ちょうぼう》のなかに、新しい生活と新しい希望を空想し始めたとみえる。

「ねえ元気をだして下さい、元気になりましょう」

妻に向って熱心にそう云った。

「——あそこに見えるのは十万五千石の城下ですよ、土地は繁昌《はんじょう》で有名だし、なにしろ十万五千石ですからね、ひとつこんどこそ、と云ってもいいと思うんだが、元気をだしてゆきましょう」

「わたくし元気ですわ」

おたよは明るく笑って、劬《いたわ》るように良人を見上げながら、巧みに彼の口まねをした。

「と云ってもいいと思いますわ」

異聞浪人記

滝口康彦

滝口康彦（たきぐち・やすひこ）

一九二四年、長崎県佐世保市生れ。本名・原口康彦。高等小学校を出て、さまざまな職を経験しつつ小説を書きはじめた。五九年「綾尾内記覚書」でオール讀物新人賞を受賞。五八年「高柳父子」、六六年「かげろう記」、六七年「霧の底から」、七三年『仲秋十五日』、七四年「日向延岡のぼり猿」、七九年『主家滅ぶべし』で直木賞候補。以来、『拝領妻始末』『落日の鷹』『鬼哭の城』『薩摩軍法』『遺恨の譜』などを発表。二〇〇四年死去。

一

巷《ちまた》にはそろそろ涼風が立ち初めて、残暑のきびしさもいつとはなく忘れられがちとなった、寛永年間のとある秋の昼さがりのことである。外桜田にある、井伊《いい》掃部頭直《かもんのかみなお》孝《たか》の屋敷の玄関先に、ぬうっと突っ立って案内を乞《こ》う浪人者があった。

あたりを威圧する堂々たる屋敷構えを目の前にしても、別段ひるんだ様子もないその男は、年の頃《ころ》かれこれ五十五、六であろうか、一見したところ、いかにも尾羽打ち枯らしたというにふさわしい見すぼらしいなりだが、どことなく一癖ありげな精悍《せいかん》な風貌《ふうぼう》の持主である。肩はばの広いいかついからだつきで、がっしりした骨組みの太さが垢《あか》じみた着物の上からも容易に想像され、いずれはひとかどの武士のなれの果てに違いなかった。

どうしてこんな素浪人を通したのだ——とでもいいたげな一瞥《いちべつ》を表門の方へ投げて、軽く舌打ちした若い取次の侍が、

「何用あって参ったのだ」

軽侮の色をあらわにして高飛車にたずねるのへ、その浪人は静かにいった。

「御迷惑ながら、御当家の玄関先をしばらく拝借させていただきたい」

男は津雲半四郎と名乗った。去る元和《げんな》五年六月、みだりに城普請《ぶしん》を行ったかどで改易の憂目《うきめ》に会い、その後いくばくもなく、信州川中島の配所に不遇の晩年を終わった、もと芸州広島の大守、福島左衛門大夫《さえもんたいふ》正則《まさのり》の家臣であった。

——主家の没落後愛宕《あたご》下の藩邸を出て、とある裏店《うらだな》に移り住み、細々と暮しを立てるかたわら、あれこれと伝手《つて》を求めて再度の主取りを望んだが、すでに太平無事の時世とあっては、それもなかなか思うにまかせなかった。志を得ぬまま無為の日々を送るうちに、生活は窮迫の度を加える一方で、今日まではなんとか糊口《ここう》をしのいできたものの、もはやこれ以上の辛抱はなりかねる。このままむなしく陋巷《ろうこう》に呻吟《しんぎん》していつまでも生き恥をさらすより、武士らしく、いっそいさぎよく腹かっさばいて果てようと思う故《ゆえ》、晴れの死場所に、願わくは、御当家の玄関先を貸していただけまいか——。

そんな意味のことを、津雲半四郎はかいつまんで述べた。思いのほかにさわやかな口上であった。

「またも来おったか、性こりもなく」

若侍から委細を聞くと、老職の斎藤勘解由《かげゆ》は、そういってにやりと笑った。何か妙に底意地の悪い笑い方だった。

「いかがはからいましょうか」

「よし、これへ通せ。そやつの面《つら》の皮ひんむいてくれよう」

若侍の案内で、津雲半四郎と名乗る浪人が間もなく姿を現わした。悪びれたさまもなくぴたりと座につくのを待って、斎藤勘解由はおだやかにいった。

「いつまでも陋巷にあり、座してむなしく窮死の日を待つよりも、むしろいさぎよく自決して、武士らしい最期《さいご》をとげたい——そう申されるのだな」

直前に見せた冷酷な表情は、ぬぐったように消えていた。

半四郎は無言でうなずいた。ひどく落着いたもの静かなその態度が、小面憎《こづらにく》いくらいであった。

「とはまた、近頃珍しい見上げた御心底。ただただ感服のほかはない」

老獪《ろうかい》な勘解由はそういいながら、腹《ほ》の中では別なことを考えていた。

——ふん。いい気になりおって。今に吠えづらをかくまいぞ!

勘解由は、真面目《まじめ》くさった表情を少しも崩さず、心もち身を乗り出して、

「以前は、福島殿の御家中《ごかちゆう》とやらうけたまわったが、ならばそこもとは、千々岩求女《ちぢいわもとめ》と申す男を御存じかな」

「千々岩求女――でございますか」

「さよう」

「一向に存じませぬが」

「ほほう、存ぜぬ――やはりもとは福島殿の家中と申したがの」

勘解由は急に、じろじろとなめまわすような目になって相手を見守ったが、津雲半四郎は平然としている。

そのとりすました顔面から、今にもすうっと血の気が退《ひ》いてしまうのだ――と、内心で舌なめずりをしながら勘解由は、

「半年ほど前のことじゃ。千々岩求女と名乗る浪人が、当家をたずねて参ったのは――。それも、そこもとと同じ用件でな。晴れの死場所として、当家の玄関先を貸してもらいたいという――」

うわ目づかいに、またしてもじろりと相手の顔色をうかがった。それでもなお、津雲半四郎は眉《まゆ》一つ動かさぬ。

「お話し申そうかな。その時のいきさつ」

なぶるような、残忍な笑いが勘解由の口もとに刻まれたが、顔色を変えるでもなく津雲半四郎はおだやかにいった。

「では、うけたまわりましょう」

二

芸州広島の福島家の浪人で、千々岩求女と称する年の頃二十七、八の男が、井伊家の玄関先へやってきたのは、桜には多少間のある早春のある日のことだった。浅黒くきりりと引きしまった男らしい顔だちながら、何か妙に暗い、陰気な影を背負いこんだようなその男は、玄関先に立つと、ちょうど今しがたの津雲半四郎と同じ口上を述べたのである。

巷には今、関ヶ原以来の浪人が充満していた。以前は名ある浪人と見れば、諸侯は争ってこれを召し抱えたものだが、兵馬倥偬《へいばこうそう》の時世が過ぎるともはや無用である。大坂の陣が終わり、吹く風も枝を鳴らさぬ元和の偃武《えんぶ》が謳歌《おうか》されるとともに、浪人は仕官の途《みち》を絶たれてしまった。

かてて加えて諸侯の改易が相続いた。外様《とざま》はむろんのこと、幕府の仮借ない政略の前には、親藩、譜代といえども例外ではあり得なかった。

越後《えちご》高田の松平忠輝《ただてる》、広島の福島正則、久留米《くるめ》の田中忠政《ただまさ》、あるいは本多正純《まさずみ》、最上義俊《もがみよしとし》、蒲生忠郷《がもうたださと》――。

元和のなかばから寛永の初めにかけて、改易、あるいは減封された諸侯の名は、数えるに暇《いとま》もないくらいであった。そして、主家の廃絶によって、いやおうなく路頭に投げ出されたおびただしい浪人の群は、うたかたのようにはかない仕官の望みを抱いて、その大部分が江戸へ集まっているのである。

それらの浪人たちのあいだに、諸大名の屋敷へ押しかけて、腹を切るからどうか玄関先を貸してくれと切り出すことが最近急にはやりはじめていた。もちろん、実際に腹を切るつもりなど少しもない。いわば、衣食に窮した浪人連の体《てい》のよいゆすりの手段である。

ことの起こりはこうであった。ある時、さる大名の屋敷を訪れた一人の浪人が生計立ちがたくこの上はいさぎよく自決したい。願わくは武士の情にこの玄関先をお貸しいただけまいかと、あふれるばかりの真情をおもてにして申し述べたのである。態度も見るからに堂々としており、それに弁舌もすこぶるさわやかであった。

見事なる心底、近頃奇特の振舞と、深く胸をうたれたその大名は、ただちに死を思いとどまらせるとともに、老職に命じて件《くだん》の浪人を家臣の列に加えたのである。

そのうわさは、旬日もせぬうちにたちまちぱっと江戸中にひろまって、そのうちに、二、三の者が逸早《いちはや》くそれにならい、他の大名のもとへ押しかけた。ある者は首尾よく召し抱えられ、そうでない者でも、面目をほどこした上にいくばくかの金子を与えられた。こうなると浅ましいものである。我も我もとその真似《まね》をする者が続出して、狂言切腹が流行《はや》り風邪のように、浪人たちの間を風靡《ふうび》していくのであった。

少なくとも最初にこれを行動に移したものは、貧苦の中に身もがきしながら生きながらえるよりも、むしろいさぎよく死を選ぼうとする純粋な思いを、いくばくなりとも胸中に宿していたであろう。

だが、今では、そのような殊勝な心がけなど薬にしたくともなかった。我も我もと先を争って諸侯の屋敷に押しかけるあまたの浪人たちにとって、それはもはや、一時の窮迫を切りぬける生活の方便であり、体のよいゆすりでしかないのであった。

ほとほとこれに手を焼いたのは諸侯の方である。見え透いた嘘《うそ》と知りつつなにがしかの金子を与えるのもばかなことだが、といって実際に玄関先で腹を切らせる訳にもいかなかった。千々岩求女と称する浪人が、井伊家の玄関先に姿を見せたのはこんな時分であった。井伊家では初めてのことだった。

求女は極めて丁重な扱いを受けて、すぐに青畳の香りも新しい立派な一室に招じ入れられた。間もなく一服の茶が運ばれたが、そのあと誰もやってこない。随分久しい間待たせられたのち湯殿に案内された。

小ざっぱりとなって湯から上がると、湯殿の外には真新しい衣服が用意してあった。日頃垢じみたものをまといなれた肌《はだ》に、心地よい柔らかさが伝ってくる。求女の顔は自然に明るくなっている。先刻、湯殿に案内される途中、おもてに好意をあらわして若侍にささやかれた言葉を反芻《はんすう》しているのかもしれなかった。

「殿が、お目通りを許されるとの由《よし》にございます」

若侍はそういったのだ。殿とは、夜叉《や》掃部《しやかもん》と称される当主直孝のことである。目通りを許されるというのであれば、悪いことではないと見てよかった。

と、そこへ、沢瀉《おもだか》彦九郎《ひこくろう》という、恰幅《かっぷく》のよい中年の武士が顔を出した。そして、ていねいな口調で、

「お召し替えの用意ができております」

と意外なことをいう。

たった今、新しい衣服に着替えたばかりである。いぶかしいことをいう――求女が心中で小首をかしげるのには気もつかぬらしく、その武士は、

「どうぞこちらへ――」

慇懃《いんぎん》な態度で、最初の部屋へみちびいていった。その時まで、不思議なこととは思いながらも求女は、おのれを待ち受けている不幸な運命を知らなかった。

刀架にかけておいた自分の大小が、どこかへ持ち去られているのに、ふと求女が心づいた時、一方のふすまが開いて、若い前髪の小姓が入ってきた。うやうやしくその両手にかかえられたものに、ちらと目がふれた千々岩求女は、一瞬、雷にでもうたれたように愕然《がくぜん》となった。小姓によって運ばれたのは、まぎれもなく水色無紋の上下《かみしも》であった。

さっと青ざめた求女の顔に、じろりと冷たい一瞥を与えて沢瀉彦九郎はいった。

「いかがなされた――」

柔らかな物のいいようだが、その裏には明らかに棘《とげ》があった。口もとに残酷な微笑さえ浮かんでいる。

――はかられた！

と、思いながらも、

「お目通りを許される由であったが――」

かろうじてそうたずねると、

「さような筈《はず》はない」

と、にべもない答えである。

そして、急に語調を変え、てのひらをかえすような態度で、沢瀉彦九郎は頭からずばりと浴びせた。

「さ、お召し替えを願おう。すでに用意万端ととのうておる、お望みどおり切腹なさるがよろしかろう」

三

話なかばにそわそわと落着きをなくし、今にも唇《くちびる》の色を失ってしまうものと、斎藤勘解由はひとりぎめに内心ほくそ笑んでいたのだが、予期に反して、津雲半四郎は一向おどろいた様子も見せなかった。いや、終始にこやかな微笑さえたたえていたのである。

何やら勝手の違うものを感じとって、勘解由は、

「いかがだな、今の話は――」

相手の、得体のつかめぬ腹の中を読みとろうとでもするように、それが癖のうわ目づかいにじろりと見すえた。が、半四郎は、

「なかなかおもしろい話でござった。さすがは、赤備えの名を謳《うた》われる、武勇の御家風と申すもの――」

しゃあしゃあとしていう。

こいつめ、いささかくえぬ奴《やつ》。

さらばとばかりに、勘解由はずいと身を乗り出して、

「してそこもとはいかがなさるおつもりじゃ」

まさかさっきの口上通りに、真実腹を切るものとは思われぬ。強《し》いて虚勢を張っているのではないかと見た。しかし、

「とは、これのことでござろうか」

半四郎は、手真似で切腹の型をしめして見せる。

「うむ」

「あはは、御念には及びませぬ。初めからそのつもりで参ったこと故――」

こともなげな笑い方だった。

津雲半四郎が、庭前にしつらえられた切腹の座についたのは、それからほぼ半刻《はんとき》(一時間)のちのことである。勘解由が、無紋の上下を用意させようとするのを、

「御無用に願いましょう。食いつめ浪人の最期には、このままがふさわしいと申すもの」

と押しとどめて、なりはそのままだった。やや傾いた秋の陽《ひ》が、荒けずりな半四郎の顔にかっと照りつけた。鬚髪《しゅはつ》のあたりには、さすがに老いのかげこそいちじるしい

が、堂々たる男ぶりで、威風あたりをはらうものがある。切腹の場には、おもなる井伊家の家臣たちが詰めていた。それには目にもとめぬ風に、半四郎はゆっくりと斎藤勘解由を見上げ、

「本日はまことにもって御丁重なるおとりはからい、ただただかたじけなく、お礼の申しようとてもございませぬ。なおこの上の願いには——」

といって、一つの条件を切り出した。介錯人《かいしゃくにん》に望みがあるというのである。

「誰を望みといわれるのじゃ」

「なろうことなら、沢潟彦九郎殿に御介錯をお頼みしたく——」

「彦九郎に——。それはまた何故《なにゆえ》かの」

「井伊殿御家中にても、ことに武勇のきこえ高き方とうけたまわるが故にございます」

ふむと勘解由は思案した。沢潟彦九郎はこのところ所労と称して出仕していない。その旨《むね》を告げると、津雲半四郎はつぎに松崎隼人正《はやとのしょう》の名をあげたが、これも病中であった。さらばと半四郎は、川辺右馬助《うまのすけ》の名を最後にいった。ここに至って、

——はて？

斎藤勘解由の顔がつと曇った。その川辺右馬助も実は病気引きこもり中なのである。

沢潟彦九郎、松崎隼人正とともに、家中でも錚々《そうそう》たる武辺者たることも同様であった。しかも、今はじめて気がついたことだが、三名が三名とも、千々岩求女と称する浪人に遮二無二《しゃにむに》腹を切らせた時の首謀者なのであった。

——何かある？

斎藤勘解由は、ようやく相手の胸中に、容易ならぬ企《たく》らみが宿されていることを思い知った。

「御三方とも御病気とは——」

いかにも解《げ》せぬと、半四郎は不審のおももちをあらわした。

——有無いわさずぶった斬《ぎ》るか。

たかの知れた素浪人一匹、おっとりかこんで討ち果たすのは造作もない。すでに、この場の異様ななりゆきに、家中の面々は殺気を顔にみなぎらせている。目くばせ一つですむことであった。それにここは、城郭と呼ぶにもふさわしい宏壮《こうそう》な屋敷のうちである。

が、その勘解由の腹の中を見すかしでもしたように、半四郎はとっさに機先を制していた。言葉も対等にあらたまって、

「お待ちあれ！　お手出しは今しばらく御無用に願いたい。申しあげたき儀がござる。

それを一通りお聞き願えれば、てまえは必ず切腹いたす。いや、寄ってたかってなますに刻まれようとも否《いな》やは申さぬ」

ずばりといった。身に寸鉄も帯びぬ相手にこう出られては、まさか手出しもなりかねた。

「申してみい」

「されば」

半四郎はじりりと前に出た。

「千々岩求女は、いかにもてまえが存じ寄りの者でござった――」

老年ながらただならぬ気魄《きはく》に満ちあふれ、精悍《せいかん》そのものと見える津雲半四郎の面上に、この時はじめて、すうっと悲哀のかげが宿された。

四

求女の父の千々岩甚内《じんない》と津雲半四郎は、かねて無二の仲だった。甚内は、主家の福島家が改易となって間もなく病没したが、その臨終の場に駆けつけた半四郎は、当時まだ元服したばかりであった、求女の後事を託されたのである。

福島家が改易されたのは、元和《げんな》五年六月のことである。みだりに広島城の普請《ふしん》を行ったのが公儀の疑惑を招いたためであった。が、それは表面の理由に過ぎぬ。福島家はこれという咎《とが》なくしても、当然改易されるべき運命にあった。

慶長十九年冬から、あくる元和元年夏にかけて両度にわたる大坂の陣が終わると、四海波静かな太平無事の世となったが、豊家《ほうけ》恩顧の諸大名の中でも、芸州広島において四十九万八千余石を領する福島家は、肥後の加藤家と並んで、幕府にとっては目の上の瘤《こぶ》ともいうべき存在であった。何らかの理由をもってこれを除くことは焦眉《しょうび》の急ともいえた。

もともと広島城の普請は、福島正則自身が直接幕府の権臣、本多上野介正純《こうずけのすけまさずみ》を介して願い出たのちになされたのだが、それがとりかえしのつかぬ禍根を招いた。思うつぼにはまったのである。

その時のいきさつを、一書にはこう伝えている。

——本多上野介正純につきて広島の城池を浚《さら》うべき旨を申す。申し上ぐべき由を答えられしが、御上京の事繁《しげ》きにまぎれてそのことなかりしに、広島の城普請の事を聞《きこ》し召し怒らせ給《たま》いしに、正純其時《そのとき》驚きて正則の書翰《しょかん》を出されしに、証文の出しおくれとて、聞し召し入れられざるとなり……。

思うにこれは、権謀術数にたけた本多正純の肚裡《とり》にすでに福島家改易の企みがあり、故意に城普請に関する正則の書翰を手もとで握りつぶしていたものであろう。越度《おちど》を見出《みいだ》して咎めるのではない。あらかじめ取り潰《つぶ》すことを定めておいてしかるのちに有無いわさぬ罪状を作り上げる——これが幕府の常套《じようとう》手段であった。

かくして、元和五年夏、主君正則は信州川中島の配所に移され、罪なくして衣食の途《みち》を絶たれた家臣たちは、思い思いに離散の運命をたどったのである。

千々岩求女の父甚内が、失意のうちに死んだのはそれから間もなくのことであった。

「半四郎、求女がことはくれぐれもおぬしに頼んだぞ——」

いまわのきわにいい置いた甚内の言葉が、昨日のことのように半四郎の胸によみがえってくる。

老いた津雲半四郎の胸中には、凄《すさ》まじい暴風が吹き荒れていた。悲しみ、怒り、憎しみ——ありとあらゆる激情が、地軸を揺がすような怒濤《どとう》となって、真っ向から襲いかかった。さっき、斎藤勘解由が得々とした口調で語るのを、半四郎は、気にもとめず聞き流す風に微笑さえ浮かべていたが、その実、彼の胸中には、にえくりかえるばかりの憤怒《ふんぬ》と憎悪《ぞうお》が、傷ついたけもののようにのたうちまわっていたのである。

斎藤勘解由の話を待つまでもなく、半四郎は、千々岩求女の無残な最期《さいご》のさまを、知り過ぎるほど知っていた。

なぶり殺しにひとしい求女の最期だった。

計られたと知って、顔面蒼白《そうはく》となった求女が、作法通り白砂をまき、畳二枚を敷いた切腹の座についた時、周囲には、井伊家の侍たちが大ぜい集まって、一斉《いっせい》に好奇の目を見はっていた。

「千々岩求女殿とやら」

麻上下に威儀を正して斎藤勘解由が、おもむろに声をかけた。

「浪々貧苦のうちに、座して窮死の日を待つよりも、いさぎよく腹かっさばいて果てんとは、近頃《ちかごろ》まことに奇特のお志。いや、武士は誰しもかくこそありたいもの。先代直政《なおまさ》公以来の、赤備えの武勇を誇る当家にも、そこもとほどの覚悟ある者は稀《まれ》であろう。大ぜいの侍どもも、まことの武士のあっぱれなる死にざまを拝見せんものと、ごらんの通り集まっておる。いざ、お心静かに」

初めからはかっていたことである。目にあまる最近の浪人どもの所業を伝え聞いた井伊家では、手ぐすね引いて待ちもうけていたのであった。

——赤備えの井伊家を知らんのか。

——素浪人、目にもの見せてくれるわ。

千々岩求女は、飛んで火に入る夏の虫であった。

赤備えとは、もともと甲州の飫富兵部《おぶひようぶ》が創始したものという。井伊家ではそれにならったのである。

甲冑《かっちゅう》、旗差物、鞍《くら》、鐙《あぶみ》、鞭《むち》——その他一切のものを朱一色にぬりつぶしてしまう。その真紅の色が燦然《さんぜん》と輝いて、井伊の軍勢が疾風を巻いて行動を起こすさまは、紅蓮《ぐれん》の炎が襲いかかるにも似て、壮観の一語につきた。

井伊の赤備え！

知らぬ者はなかった。大坂夏の陣の折、若江堤《わかえづつみ》一帯の合戦に、城方の勇将、木村長《なが》門守重成《とのかみしげなり》、山口左馬介《さまのすけ》、内藤新十郎らを討ちとったのも井伊勢なのであった。

千々岩求女の額には、玉のような脂汗《あぶらあせ》がにじんでいる。それを、露骨な嘲笑《ちょうしょう》の目が包んでいる。

「いかがなされたな」

にんまりという、斎藤勘解由の顔をひたと見つめて、

「お願いつかまつる」

求女は必死にいった。

「お願いじゃ。今しばらく御猶予《ごゆうよ》されたい。今より一両日の御猶予が願いたい。逃げもかくれもいたさぬ。必ずこれへ戻って参る！」

「いまさら、世迷《よま》い言《ごと》は申さぬものじゃ」

つかつかと歩み寄ったのは沢瀉彦九郎であった。

「御願いつかまつる！」

見上げる顔へ、かあっとつばが飛んだ。

「恥を知れ」

千々岩求女はさすがに憤怒に顔をゆがめ、きりきりと唇を噛《か》んだ。そこへ、あごをしゃくった勘解由の指図で三方《さんぼう》が運ばれてきた。三方にのせられたのは、短刀ではなく求女自身の脇差《わきざし》であった。

「御自分の差添えをお用いなさるよう、身どもがはかろうた。見事なる脇差をお持ちじゃな」

図に乗った彦九郎のあざけりに、求女はさながら悪鬼のような形相となった。脇差は竹光だったのである。

「存分に引きまわされい」

介錯人《かいしゃくにん》が声をかけた。竹光で引きまわせるわけはない。しかし、千々岩求女は無言で三方の上に手を伸ばした。さすがに周囲の者が息を呑《の》む。と、求女はぐいと腹をくつろげて、思うさまに竹光を突き立てた。

介錯の際は三方の刀に、手がかかるや否やに、首を打ち落すのが普通である。それ故《ゆえ》、短刀の代りに白扇を用いることもあった。それを扇腹と称したものである。だが、介錯人は白刃《はくじん》を手にしたまま、しばらくは求女の背後に突っ立っているばかりであった。

「切れ」

「ぐいと右へ引きまわすのじゃ」

周辺からどおっとおこる、嘲罵《ちょうば》の渦《うず》の中で求女が舌を噛みちぎった時、はじめて介錯人の白刃がひらめいたのである。

五

求女は半四郎にとって、単に亡《な》き甚内に後事を託されていただけではない。求女の妻の美穂は、実に半四郎鍾愛《しょうあい》の娘であった。

主家没落ののち、愛宕《あたご》下の藩邸を立ち去る時は、美穂はまだあどけない少女に過ぎなかったが、その頃から死んだ母親似の、類《たぐ》い稀な美貌《びぼう》が人目を引いた。見るからに容貌魁偉《ようぼうかいい》な半四郎の実の子と聞かされても、人目は明らかに半信半疑の体を見せたものである。

野の花を思わせる飾らぬ美しさは、浪々窮迫の生活の中にあっても、決してそこなわれることはなかった。美穂が十五、六になると、あでやかな容姿に目をつけた人々が、つぎつぎに屋敷奉公をすすめてきたし、しかるべき者の養女とした上で、さる大名の側妾《そばめ》になどという話も、何遍も持ちこまれた。だが、半四郎は断固としてすすめをしりぞけた。

それをうべなえば、半四郎自身の運も、あるいは易々《いい》として開けたかもしれぬ。半四郎はしかし、それらの話についに耳をかそうとはしなかった。娘の美貌を手づるに、おのれの栄達をはかることを、いさぎよしとしなかったばかりでなく、半四郎は、生前の千々岩甚内との約束を守ったのである。美穂は求女の許婚《いいなずけ》であった。浪々の身であることを理由にして、あくまで固辞する求女を無理に説得して、かたちばかりの祝言《しゅうげん》をあげさせたのは、美穂が十八の折である。美穂にはむろん、異を唱えるところはなかった。

求女と美穂にとって、貧しいなりにも平安な日々がしばらく続いた。三年目に男の子が生まれ金吾《きんご》と名づけた。

半四郎は、一人の方が気楽だからと別に暮しを立てていたが、孫が生まれるとかなりな道のりがあるのもいとわず、暇さえあれば求女たちの長屋へやってきた。

かつては打物とった無骨な手に、金吾を抱き、魁偉な顔に、さまざまなおどけた表情をつくっては、孫を笑わせようとつとめるさまが、この上もなく微笑《ほほえ》ましかった。そんな表情が、やはり幼い金吾にも通じるのか、いかつい爺《じい》さまに金吾はよくなついた。金吾は笑うとえくぼができた。

「こいつめ、武士たる者の倅《せがれ》が、えくぼなど見せおって」

そういいながらも、半四郎はいかにもうれしげであった。

「美穂も可愛《かわい》かったがの、孫の可愛いのはまた格別じゃて」

そんな時の半四郎は、福島正則の麾下《きか》にあって、屈指の驍勇《ぎようゆう》を謳《うた》われた頃の面影《おもかげ》を、どこに置き忘れたのかと思われた。

幼い金吾の周囲には、絶えずさわやかな笑い声が平和なさざなみを立てた。そこには、愛宕下の藩邸にあって、衣食になんの不自由もなかった頃とはまた違った、ささやかな幸せがあった。だが、その幸せは、たとえば、はだか蠟燭《ろうそく》のあかりにも似て、頼りなく心細いものでもあった。さっと、一陣の突風が吹きつければ、瞬時にして消え去るに違いないはかなさを常に帯びていたのである。

禍日《まがつび》の黒い触手は、まず虚弱な美穂の上に差し伸ばされた。

金吾が三歳の正月をむかえた夜のことである。秋の初め頃から顔色も冴《さ》えなくなり、時々疲労を訴えていた美穂が、突然おびただしい血を吐いて昏倒《こんとう》した。もともとが蒲柳《ほりゅう》の生まれつきで、かりそめの風邪にもすぐ床に臥《ふ》せりがちだった、繊弱な美穂の胸を、いつの間にか病魔は容赦なく蝕《むしば》んでいたのである。それに、弱いからだに鞭うって、無理な手内職をずっと続けていたのも悪かった。

小さな町道場の代稽古《だいげいこ》をつとめたり、暇を見ては、近所の子供たちに読み書きを教えたり求女はしていたが、それだけでは、親子三人の口を糊《のり》するのがせいいっぱいである。高価な薬を十分に求めるなど、思いも寄らぬことだった。

見る見る美穂は痩《や》せ細った。

あくる年——ことしの早春のある日、今度は金吾が頭痛を訴えた。額に手をやると微熱がある。

風邪でも引いたのかと寝せつけたが、二、三日経《た》っても熱は引かなかった。近所に医者の心当たりはなかった。もしあったとしても、貧窮のどん底にあえいでいる浪人者の子をおいそれと見てくれよう筈《はず》もない。

求女は途方にくれた。頼みに思う美穂は、長らく床に就いたきり身動きもならぬ状態である。

金、金、金——。

一途《いちず》に金が欲しかった。折よく来合わせてくれた半四郎に、

「てまえにいささか心当たりがございます故、しばらく金吾をお願いいたします」

夕刻までには、いくばくかの金子を工面して、必ず帰ってくるからといい置いて、
求女はどこかへ出かけていった。目を血ばしらせて出ていく、やつれたうしろ姿が、
あまりにも痛々しく哀れで、

——不憫《ふびん》な奴《やつ》よ。

半四郎は暗然たる呟《つぶや》きをもらした。このさまを亡き甚内が知ったらと、思っただけでも切なかった。

といってなんの手だても持ち合わせぬ半四郎である。金目になりそうなものは、とうの昔に売り払って生活の糧《かて》となっていた。

夕方になっても、求女は一向に戻ってこなかった。金吾が、あえぎあえぎ、しきりに痛苦を訴えた。そっと手をやると額が火のように熱している。

——あ！　こりゃあいかん。

狼狽《ろうばい》した半四郎は、つぎつぎに水を汲《く》みかえて濡《ぬ》れ手拭《てぬぐい》で、金吾の額を冷やしにかかったが、手桶《ておけ》の水はたちまち湯になってしまう。呼吸も次第に切迫して、はた目に見るのも苦しげだった。

長いこと病床につきっきりの美穂が、心配のあまり、我を忘れて蟷螂《かまきり》のような痩軀《そうく》を起こしかけるのを、

「ええい、そなたがおきあがったとて、金吾の熱が引くものか」

頭から叱《しか》りつけたものの、半四郎自身が、つぎつぎに襲いかかってくる強い不安と焦躁《しょうそう》にいたたまれぬ思いがした。不安というよりも、むしろ恐怖に近かった。熱はひどくなる一方だった。軽い風邪くらいと、手をつかねているうちに、急激に病勢が進んだものに違いない。

高熱に苛《さいな》まれて、金吾はあえぎ、身をよじらせて苦しがった。時おり、はげしいひきつけの発作が起こり、白眼《しろめ》が不気味に宙にすわった。

求女はついに帰ってこなかった。金吾をお願いしますといい置いて、蹌踉《そうろう》と出ていったのが、求女の姿を見る最後となったのである。

六

思い出すだに無念でならぬ。千々岩求女に遮二無二《しゃにむに》腹を切らせてしまった、井伊の屋敷でのいきさつは、たちまちつぎからつぎに尾鰭《おひれ》がついてひろがり、しばらくは江戸の市中は、寄るとさわるとそのうわさで持ち切りだった。

——さすがは井伊家。

——思い切ったことをしたものよ。

以後の見せしめのために、過激な手段に訴えた井伊家の断固たる処置を、ほとんどの者が支持し称揚さえした。浪人たちは一度にふるえ上がった。諸侯の屋敷に推参する浪人の群が、ぴたりとあとを絶ったのはいうまでもなかった。

それから七、八日も経ったある夕方のことだった。

「ざまあねえや。腰のものはなんと竹光だったって話よ」

少し酒の入ったらしい職人風の男が、連れにいい気持でしゃべっていた。

「ふん。竹光など差してやがる癖に、いさぎよく切腹つかまつりたいもないもんだ——」

いい気味だとばかりにそういいかけて、男は急にぎくりとして口をつぐんだ。いつきたのか背後に、五十五、六とおぼしい浪人者が、明らかに険悪な表情を浮かべて突っ立っていたのである。

手早く刀に反りをうたせて、

「それからどうだと申すのだ」

度を失って逃げる間もなく、男の頰《ほお》がはっしと鳴った。よろめくところへ、

「いらざることを申すまいぞ。素町人の知ったことか」

はげしい言葉をたたきつけて、抜きうちにぶった斬《ぎ》りもしかねない勢だった。

津雲半四郎はふらふらと歩き出した。

――うぬらの知ったことか！

あらがねに刻んだような、赤銅色《しゃくどういろ》の頰を伝わって涙がしたたり落ちた。

半四郎は孤独だった。求女は非業《ひごう》の死をとげ、金吾は、高熱に苛まれて、幼い、あまりにも短い生涯《しょうがい》を終わっていた。それからものの三日とせぬうちに、美穂もまた後を追ったのである。

一瞬の悪夢に似ていた。半四郎には、今にも路地の奥から、

「お爺さま」

と声をかけながら、金吾が走り出してくるように思われてならぬ。

――知らなんだ。わしはばかじゃ。求女許してくれい。

運びこまれた求女の屍《しかばね》にとりすがって、人目も構わず慟哭《どうこく》の声を放った半四郎だった。求女の脇差が竹光だったと、その時はじめて知ったのである。大刀も、竹光でこそないものの、まさかの役にも立ちそうにもない鈍刀だった。

暮しのため、美穂の薬餌《やくじ》の代《しろ》にするため、とうに手放していたのである。大小とも

に生前の甚内が自慢の業物《わざもの》であった。それを惜しげもなく売り払っていたのか。

――求女よ許してくれい。

おのれのうかつが、いまさらのようにうらめしかった。求女がそれほどまでに、美穂のために心を労していたとは知る由《よし》もなく、半四郎は、こればかりはと腰の両刀を後生大事にしてきたのである。

――さもしいことをするものよ。

かねて諸大名の屋敷に押しかける浪人たちの振舞を、苦々しく慨嘆していた求女が、目をつぶって同じ所業を見ならったのも、よくよく切羽つまってのことだった。

求女を見す見す殺してしまった、おのれのうかつさもさることながら、あまりにも無残な井伊家の処置に対しても、いいようのない怒りが湧《わ》いた。その怒りが、今日までの半四郎を支えていたといってもよい。

斎藤勘解由《かげゆ》をはじめ、居並ぶ武士たちを見渡して、半四郎はいった。

「いずれもお聞き願いたい。いかに衣食に窮してのこととはいえ、真実腹かっさばくつもりもなく、玄関先を借り受けたいと諸侯のもとへ押しかけた浪人者のあさましい所業はもとより言語道断のことながら、千々岩求女に対しての方々《かたがた》のなされかた――てまえは無念でなりませぬ。武士たるものが死のどたん場で、恥も外聞もなく、一両日がほどの御猶予を願いたいと訴えたは、よくよくの事情があればこそ。せめて一言なりとも、いかなる理由あってのことか、問いただすほどの思いやり、方々にはなかったものか」

逃げもかくれもせぬ。一両日ののちには必ず戻ってくると明言した筈である。それを違《たが》える求女では決してない。

武士は死を貴ぶという。生涯のすべてをその死の一瞬にかけるという。

しかも、求女にはそれができなかった。思わぬことから腹切る羽目に立たされたとはいえ、いったん死に直面した以上、おのれの不運を甘受して、一切を擲《なげう》ち求女は見事に死ぬべきであったであろう。だが、求女にはそれができなかった。

妻は瀕死《ひんし》の床にあえぎ、いとけない金吾はしきりに痛苦を訴えていた。一両日のうちに、できうるかぎりの手をつくして、委細を半四郎に託したのち、井伊の屋敷へふたたびとってかえそう求女の心だったに違いない。

それが半四郎にはよくわかる。

いかに武士とはいっても、しょせんは血の通うた生身の人間である。霞《かすみ》を食って生きていけるものではない。妻子をかかえてはなおさらであった。その妻子故に、どたん場に追いつめられて求女ほどの男が血迷ったのかと、思えば不憫でならぬ半四郎だった。

「竹光浪人などと申して、町人小者の末に至るまで、求女がみれんをあざけり笑《わろ》うたことはまぎれもない。だが、たとえ、千人万人の者が異口同音に笑おうとも、てまえだけは、笑うつもりには決してなれぬ。いや、よくぞ血迷うたというてやりたい」

人それぞれの心は、とうていはたからはうかがい知れぬものである。笑う者はどこまでも笑うがよい。幕府の仮借ない政略のため罪なくして主家を亡《ほろ》ぼされ、奈落《ならく》の底にうごめいている浪人者の悲哀は、衣食に憂《うれ》いのない人々には、しょせんわかってもらえることではなかった。血迷った求女のみれんをあざけり笑ったその人々が、同じ立場に立たされた時、どれだけのことができるというのか——。

射すくめるような半四郎の強い視線を浴びて、斎藤勘解由の顔には、一瞬、明らかな動揺の色が見てとれた。しかし、それも瞬時のことである。勘解由の口もとには、すぐにふてぶてしい笑いが刻まれた。

「ふん、世迷《よま》い言《ごと》はそれだけか」

半四郎は衣紋《えもん》の崩れを直していった。

「津雲半四郎、この世に思い残しとてはさらにない。存分に腹かっさばいてごらんにいれよう。ただし、先ほども申した通り、介錯人《かいしゃくにん》には沢瀉彦九郎殿」

「彦九郎は病中じゃ」

「はて、心得ぬ。松崎殿、川辺殿もまた同様じゃ、病いとは解《げ》せぬ。斎藤殿」

半四郎は会心の微笑をもらしてずばりといった。

「赤備えの武勇を誇る御当家におかれても、武士の面目とは、しょせん人目を飾るだけのものと見受けまするな」

七

所労引きこもり中とは嘘《うそ》である。半四郎はそれを承知している。ことの仔細《しさい》を十分に知っているのは、半四郎を除いては、当の三名の者ばかりであった。
沢瀉彦九郎、
松崎隼人正《はやとのしょう》、
川辺右馬助《うまのすけ》——。
求女が井伊の屋敷で非業の死をとげたその時の、くわしいいきさつを知った瞬間から、最も強硬な態度をとったと目されるこの三名を、半四郎はずっとねらい続けていたのである。
それほどまでにしなくてもというのを振切って、求女に竹光で腹を切らせようとしたのは彦九郎だった。介錯は松崎隼人正、彼らの提案を強硬に支持したのは、川辺右馬助であった。

三名の顔をまず覚えたが、それからもなかなかよい折はなかった。無為の日が続いた。三月経ち四月経ちしても、半四郎はあきらめなかった。老いの執念をただ一つにかけて日を送ってきたが、今から約半月ほど前に、この三名を次々にとらえることができたのである。

半四郎はまず沢瀉彦九郎を、所用の帰りと覚しい路上にとらえた。見えがくれにあとをつけていた半四郎は折よく人通りの絶えたのを見すまして、早足に追いすがり声をかけた。

「待たれい。沢瀉彦九郎殿であろう」

あたりには宵闇《よいやみ》がたちこめていたし、それに、宏大《こうだい》な屋敷の塀外《へいがい》だった。その先は空地が続いていた。究竟《くっきょう》の場所である。

「何者だ」

振りかえったその鼻先に音もなく、すうっと刀のきっ先が伸びていた。

「何をする。人に怨《うら》みを受ける覚えはない」

「――」

「名を名乗れ」

「――――」

半四郎は無言のままである。白刃《はくじん》は正確に相手の胸もとに迫った。彦九郎は戦慄《せんりつ》した。自身がよくできるだけに、相手の容易ならぬ業が彦九郎にはよくわかる。段違いなのである。

相手の正体のつかめぬのが、彦九郎の恐怖を倍加させた。怨みを受ける覚えもないのにここで斬られるのかと日頃《ひごろ》にもなく浮足立った。抜き合わせるゆとりもない彦九郎の胸もとへ、胸もとへと、なぶるように相手の白刃が伸びてくるのだ。ただ、そのきっ先は、少しも殺害の意志をしめしていないようにも思えた。

彦九郎は、おそろしく長い時間の経過を感じていたが、その実、まだいくらもたっていない。思うままに追いつめておき、

「抜け」

半四郎は一たん刀を手もとに引いた。ようやく抜き合わせたとたんに、またすうっときっ先が伸びて右の袖《そで》をはらわれた。つぎには左の袖が切られた。襟《えり》が切られ帯が切られた。

「人違いじゃ許せっ」

思わず彦九郎は叫んでいた。

「命の代りに髷《まげ》をもらうぞ」

言葉の終わらぬうちに、彦九郎のもとどりがぷっつと飛んだ。半四郎は叫んだ。

「千々岩求女を覚えているか！」

それから二、三日を置いて、つづけざまに松崎、川辺両名のもとどりを切った。

もとどりを切り落された三名が、それぞれ前後して所労と届け、自邸に引きこもっていることを確かめた半四郎は、今日の昼さがりに、飄然《ひょうぜん》として、井伊家の玄関先へ姿を現わしたのである。

もとどりを切られた不始末を、彼らは、ひたかくしにしているに相違なかった。人に知られては、病気引こもりなどではすまされぬ筈《はず》である。

「赤備えと武勇を誇る御当家においても、武士の面目とは、しょせん人目を飾るだけのものと見受けまするな」

ずばりといってのけた時斎藤勘解由は顔面蒼白《そうはく》となっていた。この場に居合わせた井伊家の武士たちは、一斉《いっせい》に殺気立ち、早くも殺到の気配を見せている。

津雲半四郎は冷たく笑った。もはや惜しい命ではない。求女も、美穂も、そして、老いの身に唯一《ゆいいつ》のなぐさめであった幼い孫の金吾も――すべて死んでしまっていた。

残されているのは、もはや浪々窮迫の暮しのみじめさだけである。今は半四郎を引きとめる何ものもなかった。

「これなる品、三名の方へお届け下されい」

半四郎は、ふところから取り出した三つのもとどりを、無造作に斎藤勘解由の足もとに投げた。

その一つ一つに井伊掃部頭《かもんのかみ》様御家来、なにがし殿御髻《もとどり》——と記した紙が結びつけてあった。

津雲半四郎が、乱刃に斬り苛まれて息絶えたその時刻とほぼ前後して、沢潟彦九郎ら三名は、それぞれ自邸の一室にこもって割腹していた。三名とも、同じような書状を受け取っていたのである。

——先般御預り申候《そうろう》貴殿の御髻、本日、尊藩御家老のもとへ御届けに及び候。

夫婦浪人

──『剣客商売四　天魔』より──

池波正太郎

池波正太郎（いけなみ・しょうたろう）

一九二三年、東京・浅草生れ。小学校を卒業後、株式仲買店等に勤める。戦後、東京都の職員となり、下谷区役所等に勤務。長谷川伸の門下に入り、新国劇の脚本・演出を担当。六〇年、「錯乱」で直木賞受賞。『鬼平犯科帳』『剣客商売』『仕掛人・藤枝梅安』の三大人気シリーズをはじめ、膨大な作品群が絶大な人気を博す。九〇年、急性白血病で死去。

一

その日。

秋山小兵衛《こへえ》は昼餉《ひるげ》をすませてから、前日に〔不二楼《ふじろう》〕へたのみ、届けてもらった柄樽《えだる》の酒を持ち、

「今日は帰りが遅くなるかも知れぬぞ。気をつけて、な」

と、おはるにいい置き、鐘《かね》ケ淵《ふち》の隠宅を出た。

新築成った隠宅へ引き移ってから、およそ半月ぶりの外出《そとで》であった。

本所《ほんじょ》・亀沢町《かめざわちょう》に住む町医者で、小兵衛が親しく交際をしている小川宗哲《おがわそうてつ》が、小兵衛の新築祝に、桜材の小机《こづくえ》を贈ってくれた。

今日は、その礼をかねて、久しぶりに宗哲老先生と碁を囲むつもりの小兵衛なのである。

小兵衛が宗哲宅を出たのは、五ツ半（午後九時）をすこしまわっていたろう。

昨日のうちに、小兵衛は息《そく》・大治郎《だいじろう》の道場にいる飯田粂太郎《いいだくめたろう》少年を今日の留守番に

たのんでおいたから、おはるの身を案ずることもなく、たっぷりと囲碁をたのしんできたのだ。

提灯《ちょうちん》を提げた小兵衛が、回向院《えこういん》の北側まで来て、つぶやいた。

「そうだ。久しぶりに……」

今夜の小兵衛と宗哲は、酒をのむ間も惜しみ、碁に熱中していたこともあって、それが帰途についたいま、なんとなく物足りない。そこで、あの〔鬼熊《おにくま》酒屋〕のことをおもい出したのであった。

（ちょうど、去年のいまごろだったな、熊五郎が死んだのは……）

前の鬼熊の亭主で、死病を押し隠しながら暴れまわっていた熊五郎亡《な》き後、鬼熊酒屋は養子夫婦の文吉《ぶんきち》とおしんが切りまわし、客あしらいのよい夫婦だけに、土地《ところ》の評判もよいそうな。

養父・熊五郎が死ぬ前後に、

「秋山先生には、大変な厄介《やっかい》をかけた……」

というので、文吉夫婦は折にふれて、酒や魚をたずさえ、小兵衛を訪ねてくれる。

大川《おおかわ》（隅田川《すみだ》）に面した津軽越中守《えっちゅうのかみ》・下屋敷の北面の三角地帯の突端にある居酒屋・鬼熊の前の草むらに、虫の声がきこえた。

「おや、まあ、先生……」

「よく、おいでになって下さいました」

文吉夫婦が、飛び立つように迎えてくれ、七坪の土間に設けられた十畳ほどの畳敷き入れこみにあがった小兵衛は、

「来よう来ようと、おもっていながら、ついつい、な……」

などと、いいわけをし、酒をたのんだ。

鬼熊の客は、土地の大名屋敷の中間《ちゆうげん》や、夜になると目が冴《さ》えて来る妙な連中が多い。

混《こ》むのは、これからであったが、衝立《ついたて》障子の向うの、入れこみの隅に、浪人らしい二人づれが酒をのんでいた。

その二人づれの近くへすわりこみ、小兵衛は、

「おかよちゃんに、何か、買ってあげておくれ」

と、おしんへ〔こころづけ〕をわたした。

夫婦の一人むすめで五つになるおかよは、もう二階の小部屋でねむっているのであろう。

文吉の庖丁《ほうちよう》で、鱸《すずき》の塩焼が出た。

客がまた二人、三人と入って来て、夫婦がいそがしくなった。小兵衛は、それをう

れしげにながめつつ、手酌《てじゃく》でゆっくりとのみはじめた。

（おや……？）

と、おもったのは、それから間もなくのことだ。

小兵衛の耳へ、他の客の声がきこえたのである。

「そんな、ひどいこと、いわなくてもいい」

「うるさいな。もう、よせ」

「だって、ひどい……」

「いいかげんにしてくれ。お前とおれとは、もう十五年もいっしょにくっついているのだ。もう、飽き飽きした。たくさんだ」

「ひどい。あまりに、ひどい……」

こう書いてみると、どうしてもこれは、別ればなしでもめている男女の会話におもえる。

ところが、そうではないのだ。

小兵衛の先客だった中年の二人の浪人者が、衝立障子の向うで語り合っている声なのである。

声が低くなって聞えなくなるかとおもうと、また、二人の声が高まる。

入れこみの向うの端にいてのんでいる三人の客には、声がきこえても言葉はわかるまい。だが、衝立障子の近くにすわっている小兵衛の耳へは切れ切れに、二人の言葉が入ってきた。

「知らん、知らん。おりゃ、もう知らんぞ」

こういって、突如、浪人の一人が立ちあがった。

背丈が高く、髭《ひげ》のあとが青々と濃く、総髪のあたまも手入れがゆきとどき、小ざっぱりとした帷子《かたびら》の着ながしで、四十歳前後に見え、なかなかの男ぶりであった。

「勝手にせい」

捨台詞《すてぜりふ》を残し、この浪人は勘定もはらわず、さっさと出て行った。

衝立の向うで、うめくように、

「助九郎、ひどい……」

つぶやく声がきこえた。

小兵衛が板場の方を見やると、おしんが笑って、うなずいて見せた。浪人たちはないじみの客らしい。

ややあって……。

衝立障子の陰から、ひどいの浪人が立ちあがった。

ちらりと横目に見たとたん、秋山小兵衛は、おもわず吹き出しそうになり、それを堪《こら》える苦しさにたまりかね、

「おい、手水《ちょうず》を……」

いいつつ、板場へ逃げこんだものである。

ずんぐりとして、これは、うす汚れた単衣《ひとえ》を身にまとい、髷《まげ》もむさ苦しげな〔ひどい浪人〕は、先へ出て行ったのよりも三つ四つは老《ふ》けて見えた。くびすじや顔に、いくつもの疣《いぼ》があるところから、鬼熊へ来る客たちが、

「疣蛙《いぼがえる》」

などと、ひそかに、異名をたてまつっている。

「ここへ置くよ」

疣蛙浪人は、きちんと勘定を置き、おしんに細い声をかけ、大小の刀を腰にして、しょんぼりと外へ出て行った。

「何者だえ、あの二人……?」

小兵衛の問いに、文吉が、こうこたえた。

「お侍にも、ああしたお人がいるのでございますねえ。つまり、はい……後から出て行ったのが女房役《にょうぼうやく》。先へ出て行ったのが亭主《ていしゅ》気取りで、いっしょに暮しているのでご

ざいますよ。なんでも、荒井町の外れに、この春ごろから住みついているらしいので……はい、はい。女房役の浪人さんが、そりゃもう、よく働き、御亭主のほうの面倒を見たり、酒をのませたりしているのでございます。自分は、どんなに汚ない姿《なり》をしていても、御亭主のほうへは、ごらんのとおりのさっぱりとした姿をさせているので。私は、まことに感心しているのでございますよ、先生。はい、もう、ほんとうの女でも、ああは、まいりません。

それがこのごろ、此処《ここ》へ来ても、何やら、口あらそいが多くなりまして……いつも、客が立て混まぬときに来て、向うの衝立の陰で、別れるとか別れないとか……ええと、三日ほど前のことでしたが、おしんが酒を持って行ったとき、敵討《かたきう》ちがどうしたとか、こうしたとか、二人でいい合っていたそうでございますよ」

義父の熊五郎が死んでから文吉は、よく、しゃべるようになった。

二

翌朝。

飯田粂太郎が、大治郎の道場へ帰ってのちに、秋山小兵衛が、おもい出し笑いをしながら、昨夜の浪人ふたりのことを、おはるへ語ってきかせた。

「まあ、いやだ。うす気味がわるいよう、先生」

「だが、おもしろいじゃないか」

「男どうしで、そんなの、変ですよう。いったい、どんな暮しをしているのですかねえ」

「男どうしが、そうして、むすばれると、男と女よりも絆《きずな》が強いそうな」

「むすばれるって、どんなに？」

「そりゃ、わしも知らぬさ。むすばれたこともないし、むすぼうともおもわないからな」

「あたり前ですよう」

いわゆる〔男色《なんしょく》〕の道というのは、一つや二つの形ではなく、多種多様なものだと、小兵衛は以前に、きいたことがあった。

ことに、武士同士が愛情によってむすばれるとき、たがいの肉体を愛撫《あいぶ》し合う場合もあれば、ただ、手と手をにぎり合い、凝《じっ》と眼《め》を見合うだけで満足する場合もあって、このほうが前者よりも、むしろ男の愛が強く、深いのだとか……。

（昨夜の二人は、どちらなのだろう？）

どうも、あの二人は、

（手と手をにぎり合っただけでは、すまぬようにもおもえたが……）

である。

二人とも中年の浪人だが、亭主役のほうが、なかなかの男ぶりなのはよいとしても、

（女房役のほうは、いただけなかったな。あれを抱いたりなぞするのか、どうか……

これはまったく、気味がわるい。人間という生きものには、実に、わからぬことが多いな。あの二人は、いったい、いつごろから、あのような暮しをしているのだろうか？）

そんなことをおもいおもいしているうち、縁側に出ていた小兵衛は、いつの間にか其処《そこ》へ寝そべり、うとうとと、まどろみはじめた。

日射《ひざ》しは強く、明るい。外を歩いていると、まだ汗ばむほどであったが、大川の川面《かわも》を吹きぬけてくる風は、まぎれもなく秋のものであった。

「先生……先生よう……」

おはるに、ゆり起され、

「う……どうした？」

半身を起した小兵衛の前に、秋山大治郎が立っていた。

「お……来ていたのか……」

「おやすみのところを……」

「いや、なに……」

ふと見やると、大治郎のうしろに、一人の若い侍が立っている。二十二、三歳に見えた。小柄《こがら》だが肉づきのよい体つきだ。目もとが涼しげで、ふとい鼻の先が、わずかに上を向いてい、色白のふっくらとした、愛嬌《あいきよう》のある顔貌《がんぼう》をしている。

「父上。このお人は、もと、永井日向守様《ひゆうがのかみ》御家中《ごかちゆう》にて、高野《たかの》十太郎殿と申されます」

「ほう……」

永井日向守は、摂津《せつつ》・高槻《たかつき》三万六千石の領主である。

以前、永井家に奉公をしていたのなら、現在は浪人ということになる。

すると、大治郎が、

「父上。十太郎殿は、父君《ふくん》の敵を討たねばならぬ身です」

と、いった。

「さようか……」

若い侍が、すすみ出て、

「高野十太郎でございます。年少のころ、大坂の柳嘉右衛門《かえもん》先生のもとで修行をいたしておりましたとき、秋山先生に、御教えをいただきました」

ていねいに、あいさつをした。

「それは、それは……ま、おあがりなさい」

小兵衛は、二人を座敷に通した。

秋山大治郎が剣術の修行のため、諸国をまわっていたころ、大坂天満《てんま》に一刀流の道場を構える柳嘉右衛門のもとに滞在したことは、すでにのべておいた。

その折に、柳道場の門人だった十太郎と知り合ったわけだ。

なるほど、京都と大坂の中程にある摂津・高槻の城下から大坂市中までは六里弱の近距離で、高野十太郎が月のうち十日ほどは道場へ泊りこみ、剣術の修行にはげんでいたこともうなずける。

十太郎は、今年の春ごろに江戸へ来たのだという。

しかし、秋山大治郎が江戸へ帰っているなどとは、すこしも知らなかった。

ところが先般、恩師・柳嘉右衛門へ、江戸に暮していることを告げた手紙を十太郎が出したところ、

「秋山大治郎殿が、こ、これ、これのところに道場を構えているゆえ、一度、訪ねたがよい」

と、柳先生から返事が来た。

そこで、さっそくに、十太郎が大治郎の道場を訪問したのであった。

「それで、いま、どこにお住まいじゃ？」

「はい。本所の荒井町の、北巌寺《ほくがんじ》という寺の和尚《おしよう》さまが、亡《な》き母の遠縁にあたりまして、そこに暮しております」

「それでは、われらの近くではないか」

「はい」

うれしげに、高野十太郎はうなずいた。

十太郎は一刻《いつとき》（二時間）ほど、小兵衛の隠宅にいて、それから一人で帰って行った。

十太郎の敵討《かたきう》ちの事情も、小兵衛は、およそ聞いた。

十太郎が帰ったのちに、小兵衛は、おはるに酒を命じ、

「それで、大治郎。高野十太郎に、敵討ちの助太刀でもたのまれたのかえ？」

問うや、大治郎がかぶりを振り、

「いいえ。いまの高野十太郎には、何やら、こころ強い助太刀がついているようです」

「ほう」

「北巌寺の近くに住む浪人だそうで、稲田助九郎殿というお人が、ぜひにも十太郎の助太刀を、と、意気込んでいるようですよ」

「それは、それは……」

いいさして、秋山小兵衛の笑顔が急に、変った。

「父上。どうなされました？」

「それが、さ……」

昨夜の鬼熊《おにくま》で見た二人の浪人のうち、女房役のほうが、

「助九郎、ひどい……」

と、つぶやいた声を、小兵衛は、いま、おもい出したのである。

しかも、鬼熊の亭主・文吉《ぶんきち》によれば、

（あの二人の浪人は、荒井町の外れに住んでいるそうな……）

それも、ついでに、小兵衛はおもい出したのであった。

三

高野十太郎の父・市兵衛《いちべえ》は、永井日向守《ひゅうがのかみ》につかえ、俸禄《ほうろく》は七十石。目付役《めつけやく》をつとめていたそうだ。

この役目は、家中の風紀を監察し、藩の政治にも絶えず目を光らせていなくてはならぬ。永井家では八名の目付役を置いていて、高野市兵衛は、その中の一人ということだ。

去年の二月。

永井家の御賄《まかない》支配という役目についている村尾源蔵というものに、不正があった。

村尾は、中年の藩士で、三十石三人扶持《ぶち》の、いわば下級の士だが、役目柄、城下の商人たちとも交際が深く、彼らから多少の賄賂《わいろ》を受けていたことは、高野市兵衛も黙認していた。

これほどの賄賂を、いちいち咎《とが》めだてしていたら、当節は、

「もう、切りがない」

からである。

そのうちに、藩の公金のことで、村尾源蔵が不正をおこなった。

これは、捨てておけない。

そこで、高野市兵衛は、村尾を城外れの雑木林へさそい出し、きびしく叱責《しっせき》したのち、

「自首をいたせ。さすれば、上《かみ》にも御慈悲があろう」

と、すすめた。

それから、どのようなやりとりがあったものか、それは目撃者がいなかったので、よくわからぬ。

だが、市兵衛の同役で、奥田小左衛門は、村尾の不正を摘発しようとしたとき、

「いや。拙者《せっしゃ》が先《ま》ず、自首をすすめてみる」

と、高野市兵衛にいわれ、これを了承している。

それで、およその事情が知れたのであった。

村尾源蔵は、市兵衛を斬殺《ざんさつ》し、その場から逃走した。市兵衛は左のくびすじから胸もとへかけて深ぶかと、一刀のもとに斬《き》りつけられ、即死したらしい。

村尾は年少のころから、一刀流をまなび、相当の腕前だ。

「村尾源蔵の妻女の実家というのが、大坂の道修町《どしょうまち》にある河内屋《かわちや》可兵衛という薬種問屋で、村尾は、ここから金をもらい、何処かへ逐電《ちくでん》したらしいのです」

と、秋山大治郎は小兵衛に語った。

なんといっても、これは、つまらぬ喧嘩《けんか》沙汰《ざた》から起った敵討《かたきう》ちではない。

村尾源蔵は、高槻藩にとっても、公金横領の、

「罪人」

なのである。

ゆえに、永井家でも、高野十太郎の敵討ちには、大いに、

「ちからを入れている……」

らしいのだ。

十太郎が江戸へ滞留し、敵の村尾源蔵を探しつづけているのは、村尾の姿を江戸で見かけたという情報を得たからであった。

この情報を提供してくれたのは、江戸へ所用があって出て来た高槻城下の町医者・高松幸庵《こうあん》という老人である。

幸庵は、村尾源蔵の姿を、上野山下の雑踏の中で見かけ、後をつけようとしたが、見うしなってしまった。

幸庵は、亡《な》き高野市兵衛と昵懇《じっこん》の間柄だったという。

「そりゃな、敵討ちなどというものは、まったく、運だよ。ひょいと見つかることもあれば、十年、二十年もかかって、まだ、敵にめぐり合えず、旅から旅をまわっている人もいるし、な」

秋山小兵衛は、ためいきをもらしてから、大治郎に、

「それで、お前は、あの高野十太郎の助太刀でもしてやるつもりなのかえ？」

「いいえ、十太郎殿にたのまれれば、また考えてもみましょうが……」

「そうか。では、大坂の柳道場にいたころのお前を懐《なつ》かしみ、それで訪ねて来たにすぎぬ、と、申すのだな」

「そのとおりです。十太郎殿も、かなり遣《つか》いますし、その助太刀を買って出た稲田助

九郎という浪人を、十太郎殿は、深くたのみにしているらしく見うけられました」

「ほう。深く、たのみにな……」

「さようで」

「十太郎は、その稲田という浪人と、江戸へ来てから知り合《お》うたのか?」

「そのようです」

「なるほど……」

「父上。何か……?」

「いや、別に、何でもない」

「そうでしょうか。何やら父上は御存知のようですが……」

「ちょいと、な……」

「はあ?」

「なれど、くわしくは知らぬ」

「何をで?」

「どちらでもよいことさ。いずれにしろ、このことは、わしたち父子《おやこ》が関知するところではないのだからな」

「はい」

「だが、ちょいと、おもしろい」

「何がです?」

「稲田助九郎という浪人がさ。うふ、ふふふ……」

四

翌朝早く、庭へ出て冷たい大気を存分に吸いこみつつ、深呼吸をしていた秋山小兵衛が、裏手から石井戸へ水を汲《く》みに出て来たおはるへ、

「朝飯をすませたら、ちょいと、出て来る。なあに、すぐに帰るよ」

と、いった。

庭の何処かで、

「リ、リリ、リリ……」

草雲雀《くさひばり》(蟋蟀《こおろぎ》科の虫)が鳴いている。

やがて、小兵衛は隠宅を出て、本所《ほんじょ》の荒井町へ向った。

(ばかなことよ……)

と、おもいはするのだが、退屈しのぎに、ぜひとも、あの二人の浪人の住居を見たくなったのである。

どうやら……。

高野十太郎に助太刀を買って出た稲田助九郎は、

（先夜、鬼熊《おにくま》で見かけた浪人のひとりにちがいない）

のである。

つまり、一足先に鬼熊を出て行った男ぶりのよいほうの浪人だ。なぜなら、後に残った女房役の浪人が「助九郎、ひどい……」と、つぶやいていたではないか。

二人は、いい争っていた。別ればなしを、していたらしい。

稲田助九郎がひどいの浪人を捨てようとしている。その助九郎が、いのちがけで、

（高野十太郎の助太刀を……）

買って出ている、というのは、いったい何を意味するのか……。

（おもしろい。ふむ、おもしろい……）

と、いうより秋山小兵衛、このごろは、とみに老人の好奇心が募ってきて、そうした自分を、

（われながら、もてあます……）

ことさえあるのだ。

若いおはるを抱いているだけでは、やはり退屈になってしまうし、それに、いかな

小兵衛といえども、若者のように毎夜毎夜、おはると、

（睦《むつ》み合うわけにもまいらぬ……）

のであった。

（それにしても、大治郎のやつ、あの若さで、まったく女に興味《おもしろみ》がわかぬものか……

それとも、わしに隠れて、うまいことをしてのけているのか。どうも、わからぬ
……？）

そんな、つまらぬことを考えつつ、いつしか小兵衛は、目ざす荒井町へやって来た。

ただしくは北本所・荒井町で、そこに、高野十太郎が寄宿している北巌寺《ほくがんじ》がある。

おそらく、二人の浪人も、その近くに住んでいるのだろう。

このあたりは、元禄《げんろく》のころまで、まったくの田舎であった。湿地や沼が多く、あとは田畑と雑木林ばかりで、幕府が町屋をゆるしたのちも、あまり住みつく人もなかったというが、近年、ようやく町らしくなり、表通りにたちならぶ町屋は、

「見ちがえるようになった……」

そうである。

それでも、まだ、ところどころに朽ちかけた無人の百姓家が雑草に埋もれつくしていたりして、むかしの面影《おもかげ》が残っている。

北巌寺の裏門前に立った秋山小兵衛が、

(ははあ。この寺に高野十太郎がいるのか……)

塀《へい》について、左へ曲ろうとした。

前方に、源光寺という寺の裏塀が見える。

手前は空地で、その向うが木立になっていた。

(おや……?)

その木立の中からあらわれた二つの人影を見て、小兵衛は身を返し、北巌寺の土塀の陰から、彼方《かなた》をうかがった。

木立の中からあらわれたのは、まぎれもなく、高野十太郎だ。その十太郎の肩を抱かんばかりにしているのが、小兵衛にも見おぼえのある浪人・稲田助九郎であった。

助九郎は、十太郎のふっくらとした童顔をのぞきこむようにして、何かささやいた。

すると十太郎が、にっこりとうなずき、空地を横切り、北巌寺の墓地へ入って行った。

墓地へ姿が見えなくなる前に、十太郎は振り向き、助九郎へ手をあげて見せた。

これに対して稲田助九郎は、右手を、千切《ちぎ》れんばかりに振り、十太郎にこたえたのである。

そして尚《なお》、助九郎は其処《そこ》に立ちつくしたまま、凝《じっ》と、墓地の方を見つめている。すでに十太郎の姿が見えなくなったにもかかわらず、だ。

と……。

また、出て来た。

件《くだん》の〔ひどいの浪人〕である。

〔疣蛙《いぼがえる》〕の浪人である。

彼の名を、山岸弥五七《やごしち》という。

稲田助九郎と同年の四十二歳であったが、五つ六つは老《ふ》けて見えた。

山岸弥五七は、木立の中から出て来て、助九郎をにらみつけた。

おそらく、木立の中に、古い百姓家でもあって、二人が住んでいるのであろう。

助九郎が振り返り、弥五七を見るや、さも、いまいましげに唾《つば》を吐いた。

弥五七が、よろめくように助九郎へ近寄り、袖《そで》をつかんだ。

助九郎が、袖を振りはらい、何か大声でいったが、すこし離れているので、言葉はよくきこえぬ。

弥五七が、うったえかけるように、何かいい返した。

そして、すがりつくように助九郎の袖を、また、つかんだ。

稲田助九郎が袖を振りはらいざま、山岸弥五七の頰《ほほ》を叩《たた》いた。

「ばか」

いうや、助九郎が足早に、北巌寺の墓地へ入って行った。

後に残された弥五七が、ずんぐりとした体をすくめるようにして、うなだれ、助九郎に打たれた自分の頰を手で押えていたが、ついには、其処へしゃがみこんでしまった。

（泣いているらしい……）

のである。

（なある……）

小兵衛は、あきれもしたし、感心もした。

（念者《ねんじゃ》とは、ああしたものなのか……）

さすがの小兵衛も、その実態を見たのは、これがはじめてであった。

念者——念友《ねんゆう》ともいう。つまり、男色関係の相手をさす言葉だ。

それから、ややしばらく、土塀の陰から山岸弥五七を見まもっていた小兵衛だが、いつまでたっても弥五七が、しゃがみこんだままうごかないので、

（ああ、もう面倒な……）

いささか、くたびれてしまい、隠宅へ帰って行った。

このときは、まだ、秋山小兵衛も、山岸弥五七の名を知っていたわけではない。

ひどいの浪人の名前を知ったのは、それから七日目の夜であった。

その日の午後に……。

亀沢町《かめざわちょう》の小川宗哲《そうてつ》から使いの者が隠宅へ来て、

「ぜひとも、おこしねがいたいとのことで……」

と、いう。

宗哲先生、小兵衛と碁を囲みたくて、たまらなくなったらしい。

「およしなさいよう、先生……」

引きとめるおはるに、

「よし、よし。今夜、帰ったら、な……」

「帰ったら？」

「久しぶりで……」

「久しぶりに？」

「可愛《かわい》がってやろう。な、それならよいだろう」

「それなら、いいですよう」

ようやくに、おはるのゆるしが出たので、小兵衛はいそいそと小川宗哲宅へ出かけて行った。

この日は、宗哲が招いただけあって、夕餉《ゆうげ》には、よい酒が出たし、いろいろと御馳《ごち》走《そう》も出た。

夜に入って、小兵衛は宗哲宅を辞した。

たっぷりと、のんでいただけに、小兵衛は酒が恋しいとはおもわなかったけれども、

（もしやすると、あの二人の浪人たちに会えるやも知れぬ）

おもいつくと、たまらなくなってきて、小兵衛は居酒屋・鬼熊へ立ち寄ることにした。

鬼熊は、たて混《こ》んでいたが、小兵衛ひとりがすわりこむ余地はあった。

そして、居た。

ひどいの浪人が居た。

しかも独りで……。

しかも、小兵衛のすぐとなりにすわっていて、さびしそうに手酌《てじゃく》でのんでいた。

板場からくびを出し、小兵衛に目礼を送った亭主《ていしゅ》の文吉《ぶんきち》が、女房《にょうぼう》と顔を見合せ、くすりと笑った。

可笑《おか》しさをこらえながら、酒を運んで来たおしんにうなずいて見せ、小兵衛は手酌でのみはじめたが、やがて、

「ぶしつけながら、盃《さかずき》をおうけ下さらぬか」

と、ひどいの浪人へ声をかけた。

「は……?」

顔をあげた浪人へ、

「私は、秋山小兵衛と申します」

微笑《ほほえ》みかけて、小兵衛が名乗ると、浪人はかたちを正し、

「拙者《せっしゃ》は、加賀・金沢の浪人にて、山岸弥五七と申します」

細い、やわらかい声音《こわね》で、はじめて名乗ったのである。

いかにも好々爺《こうこうや》といった感じの小兵衛に、弥五七も気をゆるしたかして、

「ちょうだいします」

素直に、小兵衛の盃をうけた。

五

この夜から、この年が暮れるまでの間に、秋山小兵衛は山岸弥五七《やごしち》と、数度、会っ

ている。

いつも鬼熊《おにくま》で出合うのだ。

小兵衛は、隠宅の所在を教えて、

「たまには、あそびにおいでなさい」

と、さそったのだが、弥五七は決して、隠宅へ顔を見せなかった。

あれから、弥五七は、いつも独りである。

稲田助九郎は、ほとんど、北巌寺《ほくがんじ》の庫裡《くり》の離れに暮している高野十太郎のところへ入りびたりになってい、日中は十太郎と肩をならべ、編笠《あみがさ》に顔を隠し、江戸市中をまわり、十太郎の父の敵《かたき》・村尾源蔵の行方を探しているらしい。

江戸は、もちろん、高槻藩《たかつきはん》・永井日向守《ひゅうがのかみ》の領国ではない。それゆえ、表向きにはならぬが、高槻藩でも人を出して、十太郎にちからを貸しているとのことだ。

秋も暮れようとするころ、十太郎が、一度、大治郎の道場を訪れ、

「かならずや、村尾は江戸にいると、私は確信しています」

意気軒昂《けんこう》たるものがあったという。

ところで、山岸弥五七だが……。

秋山小兵衛が、いつであったか〔いたずらごころ〕を出して、

「実は山岸さん。わしも、むかし、若いころに、忘れがたい念友がおりましてな」

こういったのを聞いてから、俄然《がぜん》、弥五七は、小兵衛に気をゆるしはじめたようだ。

小兵衛の隠宅を訪問せぬのは、いまの小兵衛が女と……つまり、おはると暮しているかららしい。

山岸弥五七にいわせると、

「女なぞ、まことにもって、汚《けが》らわしい生きものでござる」

なのだそうな。

ともあれ、独りで鬼熊へ来て、きょろきょろとあたりを見まわし、小兵衛の姿が無いと、

「秋山どのは、このごろ、お見えにならぬのかね？」

などと、文吉夫婦に尋ねるところを見ると、弥五七は小兵衛に、相当の好意を抱きはじめたらしい。

くわしい身性《みじよう》は語らなかったけれども、山岸弥五七は、

「稲田助九郎とは、大坂で知り合いましてな。さよう、こればかりは、この道のことを知らぬ者にはわかりません。秋山さんなら、わかっていただけましょう。ですから、申しあげるのですが……十五年前の、あの日。大坂の天王寺門前で、助九郎と、はじ

めて出合ったのです。それまでは見ず知らずの二人の、眼《め》と眼が合ったとき、期せずして、たがいに相通ずるものが……」

語りつつ、弥五七の両眼が恍惚《こうこつ》と細められ、疣《いぼ》だらけの青ぐろく浮腫《むく》んだ顔に血がのぼってきて、厚い唇を舌の先でちろちろとなめるようにしながら、

「ね、秋山さん。おわかりでしょうな、そのときのありさまを。念友として、二人が共に暮すようになるまでには、三日もかかりませぬでした」

と、山岸弥五七がささやくように語りかけるのをきいて、小兵衛は、

（ほんとうかね……？）

どうにも、わからぬのだが、しかし、

「いかにも、いかにも……」

もっともらしく相槌《あいづち》を打ってやると、

「ね、おわかりでしょう。いや、あなたなら、わかって下さるはずです」

ささやきつつ、手をのばして、となりにすわっている小兵衛の腿《もも》のあたりや腰、腕などを、さわるかさわらぬかのように、さわるのである。

そして、

「や……ご老人の割には、よう、肉がしまっておられますな。もっと、痩《や》せておられ

るのか、と、おもうていましたが……あ……この辺りなど、こりこりした肉置《ししお》きで……」

などという。さすがの小兵衛が、どうにもうす気味がわるくなって来て、しばらくは鬼熊へ行くのを遠ざかったほどだ。

「ま、おもえばあわれなものさ。両刀をたばさむ身で奉公もならず、四十をこえて尚《なお》、男が男を慕ってやまぬ。山岸弥五七は、十五年もの間、稲田助九郎の衣食住を、おのれの手ひとつに賄《まかな》ってきたのに、いま、急に、助九郎が高野十太郎という新しい女房を得て、弥五七から逃げてしまったのだものなあ」

秋山小兵衛が、妙に、しんみりとした口調で語ったりするものだから、大治郎は心配して、おはるに、そっと、

「父上は、このごろ、どうかなされたのではないかな?」

「そうなんですよう、若先生。妙なものに凝っちまってねえ」

小兵衛は、高野十太郎も、

(おそらく、国もとにいたころに、男色の経験があったにちがいない)

と、看《み》ていた。

山岸弥五七は、生来《せいらい》、器用な男らしく、書も上手で、諸方の町家をまわって看板を

書いたり、そうかとおもうと、荒井町の百姓家で印判を彫ったり、そうした仕事が絶えたことなく、一所懸命にはたらいてきた。

荒井町の百姓家を借りるまでは、深川や三ノ輪のほうに住み、江戸暮しも七年になる。

しかし、いかにはたらいたとて、大金が入るわけではない。なんとか二人で食べて行ける程度なのだ。それを弥五七は、自分の衣食や体裁を切りつめても、夫?の稲田助九郎に小ざっぱりとしたものを着せ、朝ともなれば髭《ひげ》を剃《そ》ってやり、酒ものませ……というわけで、

「まことにどうも、いじらしいではないかよ、大治郎。ちかごろの女にもできぬことじゃ」

小兵衛は、しきりに感心するのであった。

六

この年が暮れ、新しい年を迎えてからは、秋山小兵衛の足も鬼熊《おにくま》から遠退《とおの》いた。

飽いた、のである。

鬼熊の店と酒に、飽いたのではない。

鬼熊へ行けば、

(弥五七《やごしち》浪人に、出合うやも知れぬ)

からであった。

はじめは、おもしろがって相手になっていた小兵衛なのだが、

(もう飽いた。あの男の顔を見るのが鬱陶《うっとう》しい)

ことになってきたのだ。

そして、また、春がめぐって来た。

二人の浪人を見てから約半歳《はんとし》を経たわけで、この間に、秋山父子《おやこ》が、さまざまの事件に遭遇したことはいうをまたぬ。

それはさておき……。

桜花《はな》も散ろうという或《あ》る日の昼すぎに、

「ごめん下され。こちらは、秋山小兵衛先生の御宅でしょうか?」

隠宅の裏手へ、のそのそとあらわれた中年の浪人を、折しも石井戸の傍《わき》で洗濯《せんたく》をしていたおはるが振り向いて見て、

(あ……先生がはなしていた、あの浪人さんだ)

すぐに、わかった。

まさしく、山岸弥五七であった。

例のごとくよれよれだが、垢《あか》のついていない着物に、何箇所も繕《つくろ》いの痕《あと》が歴然たる袴《はかま》を身につけ、大小を帯し、めずらしくも髭《ひげ》をきれいに剃《そ》りあげ、真新しい草履《ぞうり》をはいている弥五七なのである。

「おお、これはこれは……」

おはるの知らせをきいて、昼寝から目ざめた秋山小兵衛が縁側へあらわれ、

「さ。こちらへ、おまわりなさい」

「は……」

庭先へまわって来た山岸弥五七を見て、小兵衛は瞠目《どうもく》した。

(今日は、ばかに身ぎれいにしているではないか……顔つきまでも、ちがって見えるわえ)

であった。

弥五七は、小脇《こわき》に風呂敷《ふろしき》包みを抱えていて、これを差し出しながら、

「つまらぬものですが、秋山さん、私が手づくりにしたものです。この御宅の、何処《どこ》かへ掲げて下さると、うれしい」

と、いった。

包みの中から出たものは、縦一尺、横二尺の扁額《へんがく》であった。

扁額には、

〔響庵《きょうあん》〕

の、二文字が、見事な隷書《れいしょ》でしたためられ、これを浮き彫りにしてある。書も彫りも弥五七の手に成ったもので、生漆《きうるし》で仕上げてあった。

「これを、わしに……?」

「私が勝手に、この御隠宅の名をつけてしまいました。響の字は、言句《げんく》の中に言句以上のものがふくみこまれているか、と、おもいます」

「ふうむ、響庵……気に入りました」

自分の隠宅に名称をつけるなどという風流めいたことの嫌《きら》いな秋山小兵衛であったが、このときは、ほんとうに、

(気に入った)

のである。

「では、よろこんで下さいますか……」

「いうまでもない」

かたちをあらためた小兵衛が、扁額を押しいただき、

「かたじけのうござる」

こころから、そういった。

山岸弥五七の、何やらさびしそうな両眼が、わずかにかがやき、

「それをきいて、私も、うれしゅうござる」

「さ、おあがり下さい」

「いえ……そうしてもおられません」

「ま、よいではないか、久しぶりに一献《いっこん》さしあげたい」

「はあ……」

弥五七は、ちょっと考えていたが、

「では、すこしの間……」

もそもそと、座敷へあがって来た。

小兵衛は扁額を床の間へ置いてから、台所へ出て行くと、早くも、おはるが酒肴《しゅこう》の仕度にかかっている。

「先生。あの人、女がきらいなんでしょ?」

「まあ、な……」

「それなら、私が出て行かないほうがいいよう」

「おお、よく気がついた」

「おもったより、気味がわるくはないよう」

「そうか……そうだろう、え……」

小兵衛が、酒肴の膳《ぜん》を持ち、板の間から座敷へ入りかけ、

（や……？）

はっと、立ちどまった。

こちらに背を向け、庭を見入っている山岸弥五七の背中の表情に、ただならぬものを感じたからであった。

七

半刻《はんとき》（一時間）ほど、山岸弥五七《やごしち》は、小兵衛と酒をくみかわしていたろうか……。

小兵衛は、しきりに語りかけ、はなしをさそい出そうとしたが、弥五七は乗って来ない。

しずかな、そして、妙に哀《かな》しげな微笑をうかべて、

「はい……」

とか、

「さよう」

とか、短く受けこたえをするのみであった。

小兵衛にしてみれば、なんとなく、

(気にかかる……)

のである。

去年鬼熊《おにくま》での、こちらへまとわりつくような感じで語りかけることもせぬし、何か、弥五七のこころは、

(他《ほか》のことに飛んでいる……)

ように、おもわれる。

やがて、弥五七が辞去しようとした。

小兵衛は、今朝、不二楼《ふじろう》から届けられたばかりの柄樽《えだる》の酒を、

「どうか、お持ち下さい」

弥五七へわたそうとするや、

「いや、それは……かたじけないが、秋山さん、実は私、これから他所《よそ》へまわらねばなりません」

「他所へ……？」

「さよう。では、これにて……」

庭先へ下りた山岸弥五七が、

「秋山さん……」

痰《たん》が喉《のど》へからんだような声になって、

「私……これまで、稲田助九郎のほかには、これと申して語り合える友もありませぬでしたが……秋山さんと知り合いになれて、まことに、うれしかったのです」

「それは、わしもじゃが……だが、山岸さん。いまの、あんたの言葉は、何やら別れの挨拶《あいさつ》のようにきこえるが……?」

「はあ。そうおもっていただいても、よろしいのです」

「では、江戸を去ると……?」

「まあ、そんなところなので……」

「いつ、江戸を発《た》れる?」

煮え切らぬ返事であった。

「はあ……」

うつ向いて、しばらく沈黙していたが、

「今日……これから……」

と、いった。

うめきのような声だ。

「それは、あわただしい」

「では秋山さん。ごめん下さい」

「あ……それなら、そのあたりまで、お送りしよう」

「いや、それは……」

手をあげて制した山岸弥五七が屹《きっ》となり、

「かまわずにいて下さい」

ちからのこもった声でいった。

「さようか……」

むしろ、小兵衛は呆気《あっけ》にとられたかたちになり、

「では、これにて……」

「いつまでも、達者に、お暮し下され」

深ぶかと、あたまをたれてから弥五七は、裏手のほうへ去った。

台所から出て来たおはるが、弥五七へ、

「あれまあ、おかまいもしませんで……」

あいさつをしたのに、弥五七は一顧もあたえなかった。女などは眼中にない、といった態度が露骨であった。

「ふん。ほんとに、ばかにしてる……」

怒ったおはるが台所へ入りかけて、

「あれ、先生。そんな恰好《かっこう》をして、どこへ行きなさるんですよう」

「ちょいと、出て来る」

小兵衛は早くも、裾《すそ》を端折《はしょ》り、剣友・横川彦五郎《ひこごろう》が形見によこした波平安国《なみのひらやすくに》一尺四寸五分の脇差《わきざし》を腰に帯し、おはるが舟を漕《こ》ぐとき日除《ひよ》けにつかう菅笠《すげがさ》と雨合羽《がっぱ》を、壁からつかみ取っていたのである。

「雨になるだろうし、それに、帰りは遅くなるだろうよ」

「せ、先生。どこへ……？」

「どこへでもよい」

めずらしく、きびしくいった小兵衛が、外へ飛び出し、

「おはる。暗くなる前に大治郎のところへ行き、今夜は泊れ。わしも、帰るときはそちらへ帰る。よいか、わかったな」

「あい。わ、わかりましたよう」

たちまちに小兵衛は、裏手の木立をぬけ、堤へ駆け去った。

おはるにも、小兵衛が山岸弥五七の後をつけて行ったことがわかった。

(なんで、また……?)

そこが、わからない。

もっとも小兵衛にしたところが、わからぬのだ。

ただ、弥五七が、旅仕度もせぬままに江戸を発つということが、

(なっとくできぬ……)

のである。

それに、だ。

先刻、こちらに背を見せて沈黙していた山岸弥五七の……その背中からは、あきらかに、

(殺気がただよっていた……)

ではないか。

◯

一刻のちに……。

秋山小兵衛は、上野の山の西側、谷中三崎《やなかさんさき》の妙林寺門前の茶店へ入り、茶をのんでいた。

妙林寺は小さな寺だが、草創は二百五十年ほど前の天文年中だという。

妙林寺と、小川をへだてて、法住寺《ほうじゆうじ》がある。この寺は宝暦のころの草創だそうな。

境内もひろく、あたりの風致に副《そ》うた清浄無塵《むじん》のすがすがしい寺院である。

小川をへだてた、法住寺門前の茶店には、山岸弥五七が茶をのんでいる。

弥五七は、小兵衛が此処《ここ》まで尾行して来たことに、まったく気づいていない。

小兵衛は菅笠で顔を隠し、まだ、雨もふってはこないのに合羽を着て、裾を端折った素足に、途中で買った草鞋《わらじ》をはき、杖《つえ》をつき、歩きぶりまでも変っていたものだから、わずか三、四間のうしろについていても、弥五七には気づかれなかった。

もっとも弥五七は、尾行者などに神経をくばる必要もなかったのであろう。

まっすぐに上野山下へ出て、不忍池《しのばずのいけ》をまわり、根津をぬけ、弥五七は法住寺の茶店へ入ったのだ。

それを見て、小兵衛は、小川の手前のわら屋根の茶店へ入った。

小川は蛍川《ほたるがわ》といい、巣鴨《すがも》・上駒込《こまごめ》の長池から発し、不忍池へながれこむ藍染川《あいぞめがわ》の支流である。

このあたりが蛍の名所だというので、その名がつけられたのであろう。

蛍川には橋がかかってい、その、ななめ向うに法住寺の表門が見え、門の内側にある八重桜の老樹が、風もないのに、はらはらと花弁を落している。

と……。

雨が落ちて来た。

山岸弥五七は、黙念と茶をのみながら、つつましい手つきで草餅《くさもち》を食べている。

淡く、夕闇《ゆうやみ》がただよいはじめ、あたりには、まったく人影が絶えた。

そのとき、弥五七が茶わんを置き、腰かけから突立ったのが小兵衛の眼《め》に入った。

(気づかれたかな……)

と、おもったが、そうではない。

弥五七は、谷中の天王寺へ通ずる道の方を見るや、す早く勘定をはらい、茶店を出て橋をわたり、小兵衛が腰かけている茶店の横手へ隠れた。

(おや……?)

どうも、わからぬ。

すると、天王寺の方から坂道を下って来た二人づれが橋の向うにあらわれた。それを見た小兵衛は、おもわず、腰を浮かした。

一人は高野十太郎。一人は稲田助九郎であった。

二人とも、羽織・袴《はかま》をつけ、脚絆《きゃはん》・足袋・草鞋ばきの厳重な足ごしらえをしている。

助九郎が十太郎に何かささやき、いままで弥五七が入っていた茶店の軒下に吊《つる》してあった菅笠を二つ買い、一つを十太郎にわたした。

二人の顔は、するどい緊張に引きしまっている。

笠をかぶった助九郎と十太郎は、小川の向うの道を北へ歩みはじめた。

小兵衛は勘定をはらい、杖をひいて蛍川に架る橋をわたりかけ、笠の内から北の方を見やった。

川沿いの小道を、稲田助九郎と高野十太郎が遠ざかって行く。

その後から……これは蛍川の西側の小道を、物陰からあらわれたらしい山岸弥五七が十間ほどの距離をおいて、見え隠れにつけて行く姿が見えた。弥五七は布で顔を隠しているようだ。

（あ、そうか……）

その瞬間に、秋山小兵衛は、

（あっ……）

(何も彼《か》も、わかった……)

ような気がしたのである。

八

そこは、日暮里《につぽり》に近い崖下《がけした》の一軒家であった。

崖の上は、出羽《でわ》・久保田《くぼた》二十万五千石、佐竹侯の下屋敷だ。

その家は、わら屋根の風雅な造りで、背後は崖。まわりは竹藪《たけやぶ》で、前面がわずかにひらけ、柴垣《しばがき》をまわしてあり、腕木門《うでぎもん》の扉《とびら》は堅く閉ざされていた。

高野十太郎と稲田助九郎が、この家の前まで来ると、木陰から二人の侍が飛び出して来て、何か、ささやいた。

十太郎と助九郎がうなずき、菅笠《すげがさ》を除《と》って捨て、羽織をぬいだ。すでに刀の下緒《さげお》を襷《たすき》にまわしてある。

この間に、二人の侍が用意の手梯子《ばしご》を柴垣に掛け、一人が中へ飛び込み、門の扉を内側から開けた。

十太郎、助九郎、侍の三人が中へ入って行く。

その後から、山岸弥五七《やごしち》が門内へ消えた。

つぎに、どこからともなくあらわれた秋山小兵衛が門内へ駆け入った。

霧のように、雨がけむっている。

先に入った四人は、竹藪の間の道をつきぬけ、家の前庭に出た。

母屋《おもや》に物置だけの簡素な造りだが、前庭には低い竹垣をめぐらし、垣の内には沈丁《じんちょう》花《げ》が白く咲いていた。

うなずき合った四人。高野十太郎と稲田助九郎は竹垣を躍り越え、障子が閉った縁先へ駆け寄った。

二人の侍は、裏手へ廻《まわ》った。

十太郎が、大刀を抜きはらって、叫んだ。

「父の敵《かたき》、村尾源蔵。高野十太郎がまいった。いさぎよく勝負をしろ」

助九郎も抜刀し、

「伊勢《いせ》・長島の浪人、稲田助九郎氏忠《うじただ》。義によって助太刀いたす」

勇ましく名乗りをかける。

わずかな間があって……。

縁先の障子が、両側から引き開けられた。

屋内から縁先へ、二人の侍があらわれた。

「おっ!!」

ぱっと飛び退《しさ》り、高野十太郎が大刀を正眼《せいがん》につけ、

「村尾源蔵。勝負!!」

「応!!」

村尾が大刀を抜いた。がっしりとした体軀《たいく》のもちぬしで、いかにも精悍《せいかん》な風貌《ふうぼう》をしている。十太郎同様、村尾も必死の面持《おももち》であったが、村尾とならんで立ちはだかった浪人は六尺ゆたかの巨漢で、高だかと尻《しり》をからげた腰に大刀を差し込み、手には槍《やり》をつかんでいる。

「村尾さん。存分にやんなさい。助太刀は助太刀どうし。こいつを……」

と、稲田助九郎をあごでしゃくって見せ、

「こいつを片づけてから、お手つだいする。こころ丈夫にやんなさい」

村尾をはげます声にも落ちつきと自信がみなぎっていた。

と、見て……稲田助九郎が顔面蒼白《そうはく》となった。

早くも、敵の助太刀の浪人に圧倒されてしまったらしい。

「わしは、山崎達之介《たつのすけ》」

と、敵の助太刀が名乗りざま、

「うおっ!!」

喚《おめ》いて、手槍を大きく振り廻しつつ、前庭へ飛び下りた。

「あっ……」

その槍先にふれかかって、高野十太郎が、ななめに身を避けたのへ、

「やあっ!!」

縁側から、村尾源蔵が猛然と切りつけた。

山崎浪人は振りまわした槍をそのまま、反転して、

「それっ!!」

稲田助九郎へ突き入れた。

「あっ……」

よろめく助九郎の胸もとをかすめた槍先が余勢を駆って、今度は横なぐりに助九郎の顔面を襲った。

「あ、あっ……」

口ほどにもない。助九郎は足をもつれさせ、必死に大刀を揮《ふる》い、山崎の槍をはね退《の》けた。

このとき、裏から飛び込んだ二人の侍が屋内を駆けぬけ、抜刀して縁側へあらわれ

た。

後でわかったことだが、この二人は、永井日向守《ひゅうがのかみ》・江戸屋敷にいる藩士であった。

と、見るや、くるりと体をまわしざま、山崎浪人が電光のごとく縁側の一人へ槍をくり出した。

「うわ……」

ぐさりと腹を突かれ、前のめりに庭先へ転げ落ちる藩士の体から、山崎は早くも槍を手《た》ぐりこみ、

「おおう!!」

咆哮《ほうこう》を発し、いま一人の藩士へ肉薄した。

山崎浪人の、あまりの早技に、その藩士は動転し、縁側から座敷へ逃げた。

その背中へ、山崎が手槍を投げつけた。

凄《すさ》まじい悲鳴があがった。

手槍が、藩士の背中へ突き立ったのである。

このとき、ようやくに体勢を立て直した稲田助九郎が、

「うぬ!!」

山崎浪人の側面へ走り寄って斬《き》りつけた。

助九郎の、その攻撃は、山崎浪人の予定に入っていたらしい。山崎は左足を大きく引き、助九郎の打ち込みをかわすや、

「たあっ!!」

抜打ちに、助九郎の左脇腹《わきばら》を切りはらった。

もんどりをうって助九郎が倒れた。

山崎浪人が追いせまり、大刀を振りかぶったとき、竹垣を飛び越え、抜刀した山岸弥五七が、絹でも引き裂いたような声を発し、体ごと、山崎達之介へぶつかって行った。

山崎にとっては、おもいもかけぬ奇襲であった、といえよう。

腹を引いて弥五七の突きをかわした山崎が、あわてて飛び退るのへ、弥五七が息もつかせずに斬り立てた。

とてもとても、稲田助九郎どころではない。山岸弥五七の太刀《たち》さばきは堂に入ったものだ。

助九郎は倒れたまま、切り裂かれた脇腹を押え、気息奄々《きそくえんえん》となり、半《なか》ば気をうしなっているらしい。

この間、高野十太郎と村尾源蔵の死闘は、庭先から裏手へ移行しつつあった。

「そっちのほうはどうでもよかったから、わしは、見向きもしなかったよ」

と、物陰に隠れ、このありさまを目撃していた秋山小兵衛が、のちに、大治郎へ語った。

「何やら、もう、ヒイヒイ、ピイピイと、女が泣き叫ぶような気合声が興ざめだったが、女房浪人の弥五さんの剣術は相当なものでな、これには、わしもちょいとおどろいた。人は見かけによらぬというが、まったく、そのとおりさ。けれども弥五さん、そこはそれ、しばらく剣術から遠ざかっていたのだろうし、体も鈍《なま》っている。斬りむすぶうちに弥五さん、息切れがしてきてのう」

一時は、機先を制した余勢を駆って山崎浪人を怯《ひる》ませた山岸弥五七であったが、いったん体勢を立て直した山崎の強さというものは、いささかもおとろえていない。

弥五七は大刀をはね飛ばされ、飛び退りつつ差しぞえの小刀の柄《つか》へ手をかけたところを、山崎が片手なぐりにはらった一刀で、ざっくりと太股《ふともも》を切られ、転倒した。

「おのれ!!」

飛びかからんとする山崎達之介の顔面へ、風を切って飛んで来た小石が命中した。

「な、何者……？」

相つぐ奇襲に、さすがの山崎もびっくりしたらしい。左手に顔を押え、右手の大刀

を小脇《こわき》に構えた、その前へ、ふわりと竹垣を躍り越えた秋山小兵衛がするすると迫り、

「弥五さん、御助勢」

振り向きもせず、背後に倒れている弥五七へ声をかけると、

「あっ……秋山さん。あぶない」

弥五七が叫んだ。

同時に、山崎浪人が小兵衛へ切りつけた。

かわした小兵衛は、脇差を抜かぬままに、ひらりと縁側へ飛びあがる。

「やあっ!!」

山崎が、その小兵衛の両足を薙《な》ぎ払ってきた刃風の鋭さについて、

「そりゃあ、大したものだった……」

のちに、小兵衛が評している。

だが、この山崎の攻撃こそ、小兵衛が待ちかまえていたところのものだ。

小兵衛の、細くて小さな体が縁側を蹴《け》って舞いあがり、空《くう》をはらった山崎浪人の頭上を越えたとき、抜き打った波平安国《なみのひらやすくに》の切先《きつさき》は山崎の脳天を浅く切った。

浅いが、しかし、急所を切られた山崎が、

「あ……」

振り向いて、小兵衛の姿をとらえようとした両眼が暗んだ。

小兵衛の二の太刀が、ぴゅっと、山崎達之介の左の頸動脈《けいどうみゃく》を切断したのは、そのときである。

裏手の竹藪で、一対一の決闘の決着がついたのも、ちょうど、そのころであったろう。双方とも数カ所の傷をうけて闘い、高野十太郎は、めでたく、父の敵を討ち取ることを得た。

「これ……もし……もし、助九郎。し、しっかりしてくれ、しっかりしてくれ」

強まった雨の中で、自分の傷のことなど忘れきって、山岸弥五七が、ぐったりとなった稲田助九郎を抱きしめ、泪声《なみだごえ》で呼びかけている。

○

村尾源蔵と山崎達之介が暮していた住居をつきとめることを得たのは、永井家・江戸屋敷の協力があったからだそうな。村尾の顔を知っている藩士たちが、かなり、市中を探しまわっていたらしい。

住居をつきとめ、見張りをつけて置いて、永井家が高野十太郎へ、このことを告げるや、十太郎は勇躍し、稲田助九郎と二人で、

「じゅうぶんでござる」

と、いいはなった。

永井家では、相手も二人なのだし、腕利《うでき》きの藩士二人を添えてやれば、

「討ちもらすことはない」

と、見きわめをつけた。それに、稲田助九郎も強そうに見えたし、何よりも十太郎自身の剣術を、藩では高く評価していたのだ。

また、将軍家ひざもとの江戸において、うかつに人数をもよおし、事を起すことは厳につつしまねばならぬ。

村尾源蔵が、妻の実家から出た金で雇った浪人・山崎達之介の前歴は不明である。

「それにしても強かった。当今、あれほどのやつはめずらしいわえ」

と、小兵衛がほめているところを見ると、掛値なしに強かったのであろう。

この事件が片づいたのち、永井家では、秋山小兵衛にも、弥五七・助九郎にも、慇《いん》懃《ぎん》な挨拶《あいさつ》があった。小兵衛は「礼にはおよびませぬ」と、永井家の使者を、すぐに帰してしまったが、弥五七たちは、どうしたろうか……。

(どうしたろうか?)

気にかけているうち、梅雨に入った。

稲田助九郎は重傷であったが、一命をとりとめた。

(弥五さんが、一生懸命に看病をしているのだろうな)

あえて、当分は近寄らぬほうがよい、と考え、小兵衛は訪ねて行かなかったし、弥五七もまた、隠宅へも、鬼熊《おにくま》酒屋へも姿を見せない。

夏がすぎ、秋が来た。

小兵衛が、弥五七・助九郎をはじめて見たときから、ちょうど一年の歳月がすぎたのである。

それは、冷たい秋の雨がふりけむる或《あ》る日の午後のことだが……。

北本所《ほんじょ》・荒井町の北巌寺《ほくがんじ》の小坊主《こぼうず》が、小兵衛の隠宅へあらわれ、

「山岸弥五七さまから、たのまれました」

と、いい、一通の書状を小兵衛にわたし、帰って行った。

「ほほう……」

なつかしかった。見事な弥五七の筆跡である。

手紙は、先《ま》ず、ていねいに其《そ》の後の無沙汰《ぶさた》をわび、傷が癒《い》えた稲田助九郎が失踪《しっそう》したことを告げている。

父の敵《かたき》を討ち、意気揚々として国もとへ帰った高野十太郎が、亡父の跡をつぎ、目《め》

付役《つけやく》に任じたこと。それからのち、十太郎と助九郎の文通が数回おこなわれたのち、今度の失踪となったものらしい。

「あのとき、私が助九郎・十太郎両名の後をつけて行ったのは、助九郎の身を案じてのことでした。助九郎の剣術は、口ほどにもないことをよく知っておりましたゆえ……。

なれど、助九郎は臆病《おくびょう》な男ではありませぬ。腕が未熟にても、勇気をふるい起し、高野十太郎のために闘おうとしたのであります。助九郎は、そういう男でございました。

しかし、秋山さん。もはや、すべてが終りました」

と、弥五七は手紙でいっている。

手紙が、泪で滲《にじ》んでいた。

「助九郎は、私に黙って、出て行ってしまいました。おそらく、高槻《たかつき》にいる高野十太郎のもとへまいったのでありましょう。両人の間に、どのような取り決めがあったものか、それは、私も存じませぬ。

ただ、助九郎のこころが、もはや、取り返すべくもなく私から離れてしもうた……このことだけが、はっきりと、しっかりと、わかりました。もはや、この上、生きて行く甲斐《かい》もありませぬ。私にとって、助九郎のほかに、こころをゆるすことができましたのは、秋山さんひとりきりです。その御交誼《ごこうぎ》に甘え放しで、まことに申しわけもないのですが、私の死後のことを、どうか、よろしく御願い申しあげます」

と、ある。

手紙の中に、一両小判が三枚入っていた。

「これは、いかぬ」

小兵衛は、あわてて隠宅を飛び出した。

だが、すでに遅かった。

小兵衛が駆けつけたとき、荒井町の浪宅の中で、山岸弥五七は作法どおりに腹を切り、喉《のど》をはね切って息絶えていたのである。

死の静謐《せいひつ》にみちびかれた弥五七の、見ちがえるばかりに痩《や》せおとろえた顔が、おだやかに瞑目《めいもく》していた。

「ああ……」

嘆息をもらして、秋山小兵衛が、その死顔へよびかけた。

「……もう少し、早く、此処《ここ》へ訪ねて来るのだったな、弥五さん。そうすれば、お前さんを、こんな目に合わせずにすんだやも知れぬ。いや、だめだったかのう、やはり……弥五さん。お前さんは、ほんとうに、いま死なすには、惜しい人だったよ」

雨で、ずぶぬれになっていた小兵衛の両眼が、じわりと、うるみかかった。

八辻ヶ原

峰隆一郎

峰　隆一郎（みね・りゅういちろう）

一九三一年、長崎県佐世保市生れ。本名は峰松隆。日本大学理工学部入学、その後日本大学芸術学部へ転部するも中退。出版社勤務を経て、七九年に「流れ灌頂」で問題小説新人賞を受賞。代表作に『人斬り弥介』シリーズ、『柳生十兵衛』シリーズ。二〇〇〇年死去。

一

神田鞘師町の裏店《うらだな》の一軒に浪人が住んでいた。浪人の名を来栖《くるす》源四郎という。源四郎は家の中の夜具の中に臥《ふ》していた。床に就いてから一カ月ほどになる。

風邪《かぜ》をひいた。ただの風邪だと思っていた。しきりに咳《せき》が出ていた。咳をすれば痰《たん》が出る。激しい咳のあと、痰が出て、痰に赤い血が混じることがあった。

医師を呼んだ。医師は風邪だろうと言って薬を出した。源四郎は労咳《ろうがい》ではないか、と思った。まず食欲がなくなった。舌が荒れているのだ。

女房のお藤《ふじ》は源四郎にしきりに食べさせようとする。粥《かゆ》を作って食わせ、せんべいを買ってくる。だが、粥だって砂を嚙《か》むような気がする。何を食っても同じだった。第一咽《のど》を通らないのだ。

食わなければ体力が衰えるばかりだ。お藤もそう言う。源四郎自身もわかっている。わかっているがどうにもならない。食わなくても空腹感がないのだ。

源四郎は、これまで用心棒などをして生きて来た。三十五歳である。お藤は料理茶屋の仲居をしていた。器量も悪くないし、ぼってりとした肌は白かった。お藤の稼ぎがあるから、貧しい暮しではなかった。

寝込んでからは、お藤の稼ぎだけが頼りだった。お藤は店では売れっこのようだ。いきいきとしている。目の張りもあった。美女というほどではないが、魅力のある女だった。今年二十八歳になる。女盛りと言うべきだろう。

女盛りのお藤を残して死んでいくのかと思う。何も食えないのだ。舌がざらついていて味もわからない。第一腹が空かない。だから食わないでもいられる。

血痰が出る。そのうちどばっと喀血《かっけつ》するのだろう。それで終りだ。

ある朝、目をさますとお藤の姿がなかった。料理茶屋は早番と遅番がある。早番でもこの時刻にお藤がいない、と言うことはない。用があって出かけたのか。いずれはもどって来るだろう、と思った。

うつらうつらと眠る。体が怠《だる》いのは微熱があるのだろう。咳が出る。なかなか止ってくれない咳だ。体力がないから、咳をするにも苦しい。

咽が渇いて枕《まくら》もとにある土びんをとって呑《の》む。咳が治まると疲れ果てたように横たわり眠る。何かとりとめのない夢を見ている。目をさましたときに夢のことは忘れている。夜中に一度、目をさました。あたりはまっ暗である。障子だけがぼんやりと明るい。暗い天井を見て、このまま死んでいくのかな、と思う。

浪人の最期《さいご》はこんなものだろうな、と思う。ものを食わなくても空腹感は覚えない。ただ肉だけが削《そ》げていく。ついには骸骨《がいこつ》のようになって死んでいくのだ。

死ぬのは怖《おそ》ろしくはなかった。どうせ人は一度は死ぬのだ。このまま死んでいければ楽なものだ。空腹感もない、咳を除けばどこが痛いというのでもない。何だかすんなりと死んでいけそうだ。生きていることに未練もなかった。あと何日か、そう長くはもたないだろう。

源四郎は、九州熊本、加藤家の家臣だった。二代目の忠広は暗愚だった。そこに勢力争いが生ずる。初代の清正のころには考えられないことだった。加藤家が改易になったのは、家老たちの争いではなかった。謀叛《むほん》の疑いだった。

源四郎はそのときに浪人になった。土着して百姓になった者も多かったし、他家に召抱えられた者もいた。だが、それは一部分で家臣の大半は浪人である。地元では食えないので旅に出る。旅から旅を渡り歩いてたどり着いたのは江戸だった。江戸だったら、何とか食えるだろうと思ったのだ。

幸い源四郎はいくらか剣術ができた。それで用心棒などの仕事もわりにあった。お藤と夫婦になったのは七年ほど前である。お藤もまた浪人の娘だったのだ。形ばかりの祝言《しゅうげん》をあげただけだった。

暮しは用心棒の仕事だけで何とかなった。半年ほど前、人に誘われて料理茶屋の仲居として働くようになった。源四郎ははじめは止めた。だが、彼自身も少しましな暮しがしたかったのだ。お藤は源四郎の思いを押し切って仲居になった。

たしかに暮しは楽になった。すると源四郎はぶらぶらと遊び回り、用心棒の仕事も探さなくなった。お藤の稼ぎで充分に食えるからだ。彼が風邪を引いたのも、気のゆるみだったのかもしれない。暮しが変ると体の調子も変っていくものだ。気持に隙《すき》ができる。その隙間から風邪が入ってくるのだ。

目がさめた。外は明るい。今日もまだ生きているのだ。口の中がカラカラに乾いていた。舌と上顎《うわあご》がひっつきそうだ。それでいて口の中が粘る。枕もとの土びんの水をのんだ。そして横たわり、フーッと息をつく。水をのむだけで息が上るのだ。

家の中にお藤の姿はなかった。昨夜、もどって来た様子もなかった。どうしたのだろうと思う。すすけた天井を見る。寝ていても体が怠いのだ。

お藤は昨夜は帰らなかった。その前の夜もだ。どこかへ泊って来るような女ではない。家には重病人をかかえているのだ。店が終ればとんで帰って来るはずである。今までがそうであった。源四郎にはそれが当り前だったのだ。

それなのにお藤は二晩も帰らなかったことになる。お藤の身に何かあったのか、と思う。お藤に何かあったとしても源四郎には何もできないのだ。

ごろつきに手込めにされる光景を思い浮かべた。お藤ならごろつきどもに狙《ねら》われるだろう。それとも何かの出来事にまき込まれたのか。つまりこの家に帰って来れない何事かがあったのだ。

どこかに捕われている。どこかとはどこだ。どこの誰になぜ捕われたのかだ。捕われて男たちに手込めにされているのか。そう思うと彼の胸が痛んだ。きれいな体をしていた。その体が汚されている。

お藤がいないでは生きていけない。そう思って苦笑した。あと二、三日しか生きてはいけない体である。どうせ死ぬ体である。お藤がいなくてもどうということはない。このまま死ねばいいのだ。あとは誰かがどうにかしてくれるだろう。源四郎が死んだと聞けばお藤ももどって来るかもしれない。源四郎が死んでももどって来るのであれば、いまだってもどって来れるはずである。

どっちにしても変りはしない。おのれが死んでからのことだから。待てよ、と思った。死んだと聞いてもどって来るかもしれないと考えたのはどういう発想からだろうか。

源四郎は、お藤がもどって来ないのは、もどって来れない状況にあると考えたからだ。もしかしたら殺されてしまっているのかもしれないと。そこには、お藤の意志はない。何かなければ帰って来るのが当然と考えた。

帰って来ないことにお藤の意志があったらどうなるのか、それを考えて源四郎は目を剝《む》いた。お藤は自分の意志で帰って来ない。

料理茶屋には金持ちの客が集まる。その客たちは仲居を口説く。金と相手次第では転ぶ仲居もいると聞く。それを狙った茶屋もある。お藤だけはそんなことはしない、と思っていた。だが、お藤だって女だ。特別な女ではない。ただの女である。お藤を口説く客だっているだろう。彼女がその気になったとしたら。いまさらではなく、以前から客に抱かれていたとしたら。

あるいはすでにそういう男と話合いができていた。そして家出するまでに客がお藤のために妾宅《しょうたく》を用意していたとしたら。

「まさか」

と目を剝いた。それとも他に情夫《いろ》ができたのか。どっちにしても同じようなものだ。お藤はわしを裏切ったと考え、そして、

「おれは、お藤に捨てられたのか」

と唸《うな》るように呟《つぶや》いた。愕然《がくぜん》となった。お藤には男がいたのだ。それで源四郎を捨てた。

「お藤に捨てられた」

消え入るような声になった。

二

源四郎は天井を睨《にら》みつけた。お藤に捨てられた、と思うと涙がポロポロと出て来た。目尻《めじり》からこめかみ、耳朶《じだ》のほうへ点々と落ちていく。

捨てられたのだ。当り前のことなのかもしれない。源四郎はあと三、四日、あるいは十日だとしても死んでいく男である。そんな男と一緒にいても何も報われることはない。別に男がいる。嫌いな男ではないだろう。源四郎には明日がない。もう一カ月も世話して来ている。お藤が料理茶屋の仲居になったときから働かなくなっていた。

そんな男と一緒にいることはないのだ。あと四、五日で死ぬ。あるいはお藤がいなければもっと早いかもしれない。となると捨てたくもなるだろう。

「おのれ！」

と乾いた声で口走った。

どうののしったところで体が動かないのだ。枕もとに置いてある土びんの水だって三日前の水だということになる。

このまま早く死ね、とお藤は言っているのだ。死ねばどこかの寺の無縁仏として葬られるのだろう。あるいはお藤がもどって来て葬式を出してくれるのか。

もう粥をすすめてくれる女もいない。このまま死んでしまうしかないのだ。手をのばして土びんの水をのもうとした。だが空になっていた。水さえ飲めないのだ。

仰向《あおむ》けになって目を閉じる。涙がポロリ。わしを捨てた女だ。おのれと叫んで刀を手に走り出したいところだが、すでにその力はない。舌が乾いている。咽にひっつきそうだ。

「おのれ、おのれ」

と呟いてみる。お藤がおのれを捨てるなんて考えたこともなかった。おのれと怒ってみても、怒る力さえ残ってはいないのだ。とにかく末期《まつご》の水くらいはのみたかった。

起きようとしてみる。だが手足に力が入らないのだ。思わず呻《うめ》いた。体を横にし、そしてうつ伏せにする。両腕で体を支えようとする。腕に力が入らない。上半身を浮かし両膝《ひざ》を引きつける。息を切らしながら、どうにか坐《すわ》ることができた。左膝を立てる。右手で枕を摑《つか》んだ。左膝の上に左手をのせる。両腕で体を引きずり上げる。

どうにか立ち上った。だが歩き出そうとして膝に力が入らず、また寝転んでしまった。はじめからやり直すことになる。寝てばかりいたので膝に力がないのだ。二、三歩歩いては、また膝をつく。息が切れていた。立てずに這《は》い進んだ。広い家ではない。二間っきりの家である。それなのに炊事場にたどりつくまでかなりの時間がかかった。柱や障子にすがりながら、どうにか土間に降りた。水がめの蓋《ふた》を開いた。中は空っぽだった。底にいくらかの水が残っている。水を汲《く》んでくるには共同井戸までいかなければならない。そんな力はなさそうだった。柄杓《ひしゃく》で底の水を汲んだ。ごりごりと音がした。柄杓を引き上げると、わずかの水がたまっていた。それをすするように呑む。水がめを斜めにすれば、いくらかの水はあるのだろうが、柄杓で掬《すく》っても水は入って来ない。まだいくらか残っているはずなのだが。

柱や障子にすがり簞笥《たんす》のところまで行き、手拭《てぬぐ》いを持って来た。その手拭いを水がめの中に入れる。手拭いに水を吸わせるのだ。その手拭いを絞って流れ出る水を口に滴《したた》らす。そして咽を鳴らした。それを何度かくり返して息をついた。

寝ていた部屋にもどり、刀を手にした。刀を逆さに立て鞘《さや》を払う。まだ銹《さび》はついていなかった。刀をもとにもどした。お藤を斬《き》るために刃を確めたのか。刀をもどし杖《つえ》にして立ってみた。どうにか立てた。さっきよりはいくらか楽だった。

部屋の中を這ってお櫃《ひつ》の蓋を開いてみたが洗ってあるように中は空っぽだった。部屋の中を這いまわる。いつもあるところに金はなかった。お藤が持ち去ったのだ。もっともやがて死ぬ男に金など用はなかったのだ。

「おのれ」

と口走った。髷《まげ》は乱れ、髭《ひげ》はぼうぼうである。それも死んでいく者にはどうでもいいことだろう。

寝巻を着物に着換える。そして帯を締める。どうしようというのだ、とおのれに問うてみる。だがわからない。ただ、一人で死んでいくのは淋《さび》しかったのだ。そばにお藤がいれば安心して死んでいけたのだ。

帯に刀をさしてみた。刀の重さによろめいて膝をついた。刀を鞘ごと抜いてそれを杖にした。これならば何とか歩けそうだった。歩いてみると思ったよりも歩けそうだった。

外に出るのであれば髷を整え、髭を剃《そ》りたかった。

「どうしようというのだ」

と自分に問うてみる。外は夜になっていた。戸を開けて外に出る。そして刀を杖に歩き出す。膝が折れて坐り込む。また立って歩き出す。暗がりを歩く。人の目に触れたくないのだ。人とすれ違うときには背をのばす。通りすぎると、坐り込んで空咳をする。だが、まだ死にそうにはなかった。

何とか神田堀に出た。堀端には柳の木が並んでいる。その一本の根元に坐り込んだ。木の影の中に融《と》け込む。人通りの少ないところである。そこで人を待つ。お藤のいない家の中で死ぬのはあまりに淋しすぎる。そう思って住まいを出て来た。どこかで死ねればそれでいい。野たれ死も仕方がない。

大工が道具箱を肩に小走りにやって来る。源四郎は首を振った。手拭いをかぶった女が歩いてくる。娼婦《しょうふ》だろう。これも見過した。彼はじっと動かない。

商人と見える男が歩いて来る。源四郎はもぞっと動いた。そして刀を杖にして立ち上る。商人の前にヌーッと立つ。商人はびっくりして竦《すく》み立つ。彼は刀を抜いた。刃を棟にかえす。商人はガタガタ震えて動けない。

棟で商人の頭を叩《たた》いた。両方の目玉がとび出すのを見た。商人の襟を摑んで堀端に引きずる。倒れた商人の懐中をさぐる。財布が出て来た。それを懐中にねじ込む。その財布には紐《ひも》がついていた。紐を切っておいて刀を鞘に収める。そして、商人の体を堀の中に落す。

源四郎は肩で息をしていた。ポシャンと水音を聞いて、その場に寝転んだ。夜空には鎌《かま》のような三日月が出ていた。青白く光っている。

彼は辻斬《つじぎ》りをやったのだ。殺された商人は不運だった。斬らなかったのは血を見るのがいやだったのだ。それで叩いた。死体を放っておくとすぐに見つかる。だから場所を堀端にした。死体を堀に投げ込んでおけばしばらくは見つかるまい。そういう計算があった。

地面に寝転んだまま、動けなかった。これで死ぬのかと思ったが、頭の中は妙に冴《さ》えていた。痛くもなければ苦しくもない。ただ体が動かないだけなのだ。体を動かそうとしても動かない。まるで石になってしまったようだ。

三

源四郎は、居酒屋の腰掛けに坐って酒をのんでいた。むさい顔だった。もっとも着ているものはまだましである。むさい浪人も珍しくはない。彼は先に金を出して酒を頼んだ。金さえ見せれば酒は出す。

ちびりちびりと酒をのむ。水はのめるのだから酒はのめると思ったのだ。たしかに咽《のど》を通っていく。胃の腑《ふ》のあたりがカーッと熱くなる。寝ついてからは酒はのまなかった。咽は通るが酒の味はしなかった。苦い薬のようだ。それを少しずつ呑《の》む。胃袋に何かを入れなければならないのだ。

何かを食いたいという空腹感はない。だから食わずにすますことはできるのだが、体が動かないのだ。お藤は粥《かゆ》を炊《た》いてくれた。それさえ咽を通らなかった。粥を食わなかったのは源四郎の甘えだったのだろう。食えなくても無理に咽を通さなければならなかったのだ。

酒をのんでいて、飯が食えそうな気がして来た。それで老婆《ろうば》に飯を頼んだ。とにかく食わなければならないのだ。胃の腑に何かを入れなければならない。

老婆が飯を運んで来た。丼飯《どんぶりめし》に味噌汁《みそしる》に香のものがついている。飯を一箸《はし》口に入れた。数えるほどの飯粒である。それを嚙《か》む。まさに砂を嚙むようだった。それをむりやり咽にのみ込む。味噌汁をのんだ。これも味噌の味はしなかった。だが、とにかく咽を通った。

味がしないのであれば胃袋に流し込めばいいのだ。そう思って丼飯に汁をかけた。それを流し込む。飯が咽を通っていく。しめたと思ったが、とたんに目を白黒させた。そして口を押えて店をとび出した。

店の入口の前にうずくまり、嘔吐《おうと》した。胃の中にあるものが、みんな出て来たのだ。もちろん、たいしたものは入っていなかった。むりに押し込もうとしても胃が受けつけなかったのだ。胃袋がひっくり返るようだった。

老婆に表を水で流しておいてくれ、と頼んで店にもどった。そして丼飯を睨んだ。飯粒五、六粒を口に入れて嚙んだ。飯の味がしないのは舌が荒れているからだ。それでも嚙んで飲み込んだ。

「女房に捨てられた男か」

と呟く。お藤がいる間は、このまま死んでもいいと思っていた。お藤に逃げられてから死ねなくなったのだ。死にたくないと思ったのではない。死ねないと思いはじめたのだ。

男の意地なのかと思う。女房に捨てられたのでは死ねない。死んでたまるかと思う。源四郎は這うようにして住まいにもどった。五歩歩いてはしゃがみ込み、十歩歩いては寝転んだ。だがとにかく家にもどって来た。力尽きたように寝ころぶ。そしてそのまま動けなくなり眠った。翌日目をさます。まだ生きていたと思う。手足は動くのだ。動けないまま死ぬのかと思った。起き上ってみる。立ち上ってよろめき倒れた。もちろん体は怠《だる》い。このまま寝ていたいところだ。

あまり咳《せき》も出なくなっていることに気付いた。とにかく体が動くのだ。まず井戸から水を汲んで来た。水を飲んだ。かなりの水が飲めた。もちろん、まだ目はうつろである。

源四郎は、ふと思いついたように懐中を探った。そこに縞《しま》の財布があった。口を開いて逆さに振る。三枚の小判が転り出た。一分金、一朱銀が何枚かあった。あとは小銭である。だが、これだけあればしばらくは生きられる。彼は生きることを考えていた。

彼は鋏《はさみ》で髭を切った。乱れた髷をまとめた。どうにか見られるようになった。刀を腰に差す。刀の重さによろめくことはなかった。

よろめきながらも外に出る。ゆっくりと歩いた。そして昨夜の居酒屋に入った。昨夜の礼を言い、飯を出してもらう。この店は昼間はめし屋でもあった。運ばれて来た飯を箸の先につけて口に入れる。それを嚙むのだ。舌が荒れているから、まさに砂である。それでも少しずつ飲み込む。

残った飯をお握りにしてもらった。竹の皮に包んでもらって家に帰る。食欲があるわけでもないのに、五、六粒の飯を口に入れて飲み込む。まるで仕事のようにそれを続けた。もちろん、いまやることはそれだけだった。

「おのれ、お藤」

と口走ってみる。怒りが出て来ただけ、体力がもどって来たのだ。十日もそれを続ける。とりあえず食うことだった。一日一度、居酒屋に行ってお握りを作ってもらう。それで一日分は足りた。はじめのうちは一日に一個の握り飯が食えなかったのだ。一日一日体が軽くなってくる。十日も経《た》つと、どうにか人並みに歩けるようになっていた。髪結いに行く。髭を剃ってもらい、髷を結ってもらう。それで生き返ったような気がした。それと同時に空腹感を覚えるようになっていた。労咳《ろうがい》だと思っていたのは嘘《うそ》だったのか、咳も少なくなっていた。体の怠さも薄くなっていく。一体あれは何だったのだろうと思う。もう数日で死ぬはずだったのだ。それがいまは飯が食えて歩けるのだ。もちろん、まだ完全にもとにもどったわけではないのだが。

体力が回復して来ると、お藤の柔肌が思い出される。着痩《や》せする体質で細身に見えるが体にはたっぷりと肉がついていた。乳房も快く膨み、腰から太腿《ふともも》にかけてはむっちりと肉をつけていた。

体がよくなると別の苦しみが出て来る。お藤のあの体を抱いている男がいるのだ。寝込んでからは、お藤の体には触れていない。お藤だって女盛りの体だ。体が男を欲しがったのに違いない。

すでにあのころ男がいたのか、と思ってみる。思い当ることがないわけではなかった。だが、そのころはお藤が他の男に抱かれるなんて考えたこともなかった。

そうか、あのころから男がいたのか、そのことに全く気が回らなかった。いまはその男と暮しているのか。そう思ってみて宙空を睨《にら》みつけた。

源四郎は歩き出した。お藤を探し出す方法がないわけではない。いまでも料理茶屋で働いているのだろう。最も稼ぎやすいところだからだ。

誰でも女ならば料理茶屋の仲居になれるわけではなかった。客筋が違う。容姿に条件がつけられる。料理茶屋の仲居となると他の女たちとは違っていた。お藤にはそれだけの容姿があった。もちろん賃金もよいものだった。

源四郎は、まずお藤が働いていた両国橋東詰めにある料理茶屋に行ってみた。やはりお藤は店を辞めていた。すると他の料理茶屋を探すしかない。もっとも江戸に料理茶屋はそれほど多くはない。一軒一軒探してみてもたかが知れている。

だが、お藤がお藤の名で出ているとは限らない。名前を変えていれば探すのが面倒になるのだ。

四

源四郎は、八辻ヶ原の柳原土堤《どて》側の隅に立っていた。

『筋違御門《すじかいごもん》内を八辻ヶ原という、この広小路へは八方より入所なり』（江戸砂子）とある。八方への通道は、一は昌平橋へ、二は芋洗坂《いもあらいざか》へ、三は駿河台《するがだい》へ、四は三河町筋へ、五は連雀町《れんじやくちょう》へ、六は須田町《すだちょう》へ、七は柳原へ、そして八が筋違御門橋へということになる。

神田川の内側ということになる。川の内を内神田、外を外神田という。この八辻ヶ原は、昼は大道芸人、辻講釈、薬売りなどさまざまな見世物が出る。夜になると白首が出没してひそかに男たちの袖《そで》を引く。

川の下流の柳原土堤には夜鷹《よたか》が出る。夜鷹とたいして変らないが、八辻ヶ原の白首たちは夜鷹をさげすんだという。

源四郎は、柳原へ向う道のそばにうっそりと立っていた。白首たちも気味悪がって近寄らない。夜鷹は河原《かわら》に莫蓙《ござ》などで四方を囲ってそこで体を売るが、白首はどこかに住まいを持っていて、そこへ客を連れ込むのだ。

客を捕えた白首は去っていく。住まいに行くのだ。白首の数はだんだんに少なくなっていく。そして何人かが最後に残る。売れなかった女たちだ。客が捕まらないまま帰っていく女もいる。

源四郎は、ここに三晩立っていた。彼はお藤を探しまわった。江戸の料理茶屋を聞きまわった。だが、どこにもお藤はいなかった。両国橋東詰め、富ヶ岡八幡の二軒茶屋、不忍池《しのばずのいけ》畔の料理茶屋、そして上野広小路の茶屋。仲居の一人が教えてくれた。上野の茶屋に以前お藤と言った女がお冴《さえ》という名で出ていると。

その上野の茶屋を張り込んだ。その店にお藤はいたのである。だが、その場では声を掛けなかった。住まいをつきとめてやろうと思ったのだ。

店がひけるまで待った。そして帰っていくお藤を尾行した。住まいは同じ神田の松枝町の裏店《うらだな》だったのだ。もちろん、そこには男がいた。

乗り込んでその男を叩っ斬ってやろうと思ったがそのときには気を静めた。翌日、その家を見張った。一緒にお藤と出て来た男を見て、源四郎は目を剝《む》いた。

中野半左衛門、源四郎と同じ熊本、加藤家の臣だった。江戸に出て来てからは朋友《ほうゆう》としてつき合って来た。源四郎の住まいにも何度か来たことがある。

お藤は半左といつごろからできていたのか。お藤は半左と並んで歩きながら幸せそうな顔をしていた。むかっ、となったが、それも押さえた。こうして住まいもわかってみれば、いつでも斬れる。

生きていてよかったと思う。お藤に捨てられ、あのまま死んでいたら、こんな光景も見られなかったのだ。

「おのれ！」

とくぐもった声をあげた。朋友であったはずの半左にも裏切られていたのだ。女房にも裏切られた。怒りで叫び出しそうになった。

二人は八辻ヶ原を横切って昌平橋を渡る。そこから湯島天神の下を通って上野に向う。半左が何気なくお藤の尻《しり》をつるりと撫《な》でた。そこには馴《な》れ合いがあった。お藤が体をくねらせて笑う。

こともあろうに半左が、と唸《うな》る。だが世間にはよくあることだ。亭主持ちの女と亭主の友がくっつく。お藤は源四郎を見捨て半左のところに走った。あるいは半左がお藤を誘ったのかもしれない。

半左はお藤を店まで送って踵《きびす》をかえした。源四郎はそこに立ったままだった。お藤はどうしてあと三、四日を待てなかったのか。源四郎が死ぬのを待って一緒になればよかったのだ。少くともあと一日か二日あとだったら、源四郎は動くことはできなかったろう。

どうせ死ぬと思って捨てたのか。半左だって源四郎が死んだのを確めてから、お藤を住まいに呼べばよかったではないか。

おかげで源四郎は生き返ってしまった。

「犬畜生が！」

と口走ってみる。

二人を斬るのは容易なことだ。だが、ただ斬っては腹の虫が治まらない。用心棒の仕事も探そうとはしない。お藤は、源四郎の女房であることがやりきれなくなっていた。

お藤は半左の所に相談に行った。そこでできたのだろう。あるいはお藤には半左が生甲斐《いきがい》のようになっていた。考えられることだ。源四郎はお藤が女房ということで安心し、甘えかかっていた。亭主に甘えられるのもお藤にはいやなことだったのに違いない。

罪があるとすれば源四郎にこそある。女というのはいや気のさした男とは一緒にいられないのだ。お藤はギリギリまで耐えた。耐えきれなくなって半左の所に走ったのか。

源四郎は、うっそりと立っていた。白首たちもいなくなっていた。八辻ヶ原にも人影がない。

だが、この八辻ヶ原にお藤と半左が現われるのだ。半左はときどきお藤を店まで迎えに行くのだ。お藤に対しての優しさもある、がもう一つ、お藤が客と遊ばないように見張る目的もあった。

二人は肩を並べて昌平橋を渡って来るのだ。それが源四郎には待ちどおしかった。ようやく昌平橋に二人の影が浮いた。お藤と半左が肩を並べて歩いてくる。八辻ヶ原に入った。やはり月明りがあった。源四郎はゆっくりと暗がりから出た。そして二人に歩み寄っていく。

「半左」

と声をかけた。二人がギクッと足を止めた。二人には源四郎がわからないのだ。彼はゆっくり刀を抜いた。

「な、何者だ」

「半左、刀を抜くまで待ってやる」

「お、おまえ、源四郎?」

「そうだ、来栖源四郎だ」

「お、おまえ、死んだのではなかったのか」

「わしが死んだのなら、葬式くらいは出てくれてよかったろう」

「待て、話せばわかる」

「話はない。抜くまで待っていると言っている。抜け、抜かねばそのまま斬《き》る」

「待て、おれの言い分も聞いてくれ、おれはお藤さんに誘われて」

「言い訳は聞かん、抜け、抜くまで待ってやるのが、わしの思いやりだ」

半左は刀柄に手をかけた。刀を抜きはじめる。源四郎はその手首に刃を叩《たた》きつけた。

「わっ」

と半左が叫んだ。右手首は切断されて刀柄にぶら下った。手首の重さで刀は抜けて足もとに音をたてて落ちた。

「どうだ、半左、血止めをしてやろうか。血止めをすれば生きられるぞ。左手でもお藤の乳房は摑《つか》める」

手首からは血が流れていた。流れた血は土が吸い込んでいく。

振り向くと、お藤が竦《すく》み立っていた。口もきけない様子だ。顔は凍りついていた。お藤もまた源四郎が死んだと思い込んでいたのか。

お藤を斬らねばと思う。だがどうしても斬れないのだ。刃を拭《ぬぐ》って鞘《さや》に収めた。そして背を向けて歩き出す。走りもどってお藤を一刀のもとに斬る。そう思って何度か足を止めた。だが、お藤を斬れないおのれを知っていた。恨みがないわけではない。おのれを捨てた女だ、斬るべきだと思う。だが、歩き出した足は再び止まることがなかった。

浪人まつり

山手樹一郎

山手樹一郎（やまて・きいちろう）

一八九九年、栃木県生れ。明治中学卒。一九二七年、博文館に入社し、のち「譚海」編集長。三三年、「一年余日」でサンデー毎日大衆文芸賞の佳作に入選。四〇年、出世作『桃太郎侍』を地方紙に連載。戦後は『夢介千両みやげ』などユーモアあふれる作品を残した。七八年死去。

一

下駄《げた》の右の前緒がゆるんで、面倒だからしばらく指をまむしにして我慢して歩いていたが、どうにも歩きにくい。思いきって直す気になって、しゃがんだとたん、

「もし、兄さん――」

うしろから若い女の声に呼ばれた。

「わしかね」

振りかえりながら立ち上がると、紫縮緬《ちりめん》のお高祖頭巾《こそずきん》に黒縮緬の羽織をぞろっぺいに引っかけた女が、胸のところで両袖《りょうそで》をあわせ、よく光る目をこっちの顔へじっと見すえている。

一方は柳原土手、一方は郡代屋敷の長い土塀《どべい》がつづく寂しい道で、こいつ素人女《しろうと》じゃないな、と見ながらいましがたすれちがい、まだその郡代屋敷の塀を出外れていないのだから、大和田平助はよく見おぼえている。

「やあ、あんたか」

にっこりわらいかけるのを、まるで突っぱねるように、

「兄さん、いまあんたなにか拾ったでしょ。どうもありがとう」

と、突然はなはだ皮肉たっぷりな挨拶《あいさつ》だ。

「拾った。――おれがかえ」

「ええ、兄さんはいましゃがんで、いそいで立ち上がったでしょ。ちゃんと見ていたんですから、からかわないで返してくださいよ」

「驚いたなあ。しゃがむのはたしかにしゃがんだが、いそいで立ったのはきみが呼んだからなんだ。紙入れでも落としたのかね」

「そのとおりちゃんと知ってるくせに、いやですねえ。虫が知らすとでもいうのか、兄さんがあんまり下ばかり見て歩いているから、ひょいとふところへ手を入れてみたんです。いいえ、決して奪ったなんて、お武家さまに対してそんな失礼なことは考えやしません。落としたには違いないんですが、兄さんのあの目ならきっと見つけているると思って、いそいで引っ返してきてみたんです。ほ、ほ、お手数をかけてすみませんでしたねえ」

師走《しわす》もあと数日という雪もよいのどんよりとした夕暮れで、平助はさむざむとしたわが身なりを見まわし、腹はすいているし、事実、財布でも落ちていればなあと、つ

い往来へ目をきょろつかせて、我ながらあさましいと苦笑したおぼえがないではない。それだけに、この女の独断無礼に腹が立つ前にあきれて当惑する気持ちのほうが先だった。

「ひどいなあ、そりゃきみ、まったく瓜田《かでん》の履《くつ》というやつだよ」

「家伝の妙薬じゃありません。あたしの落としたのは紙入れなんです」

「誤解しちゃいけない。おれがいましゃがんだのは、下駄の前緒をなおそうとしたんだ。このとおりゆるんで歩きにくいんだ」

正直に右の足を出してみせるのを、見向きもしないで女はつとそばへ寄り、

「わかりました。すみませんが、兄さん、いっしょにそこまで行ってください」

と、袂《たもと》を握った時、ほのかに酒気がただよった。

「どこへ行くんだね」

「わかってるじゃありませんか。往来中でまさか裸になってくれともいえませんからね。番屋を拝借しましょうよ」

自身番へつれていく気らしい。もう袂を引っぱるようにさっさと歩きだして、それだけに女は平助が紙入れを拾ったものと確信しているようだ。

「きみは少し酔っているね」

「酔っていたって、気はたしかです」

「困ったなあ。誤解なんだがねえ」

酔っていたんでは、ここでなんと弁明しても承知すまい。気ちがいじみた声を出されては、こっちが尾羽打ち枯らしているだけに、追いはぎと間違えられそうだ。いよいよ事が面倒になる。

「しようがない、どこへでも行こう」

「強情な人ねえ。兄さん、番屋へ行って裸にされて、もしあたしの紙入れが出たら、どうもすまぬ、つい出来心だではすまなくなるんですよ。ようござんすか」

「物には勘ちがいということがあるぜ」

「まあ、ずうずうしい。勘ちがいで女の紙入れが男の兄さんのふところへ入るはずはないじゃありませんか。あたしはちゃんとこの目で、兄さんが拾うところまで見ていたんですよ」

「おい、あれはなんだえ」

ちょうどさっき女とすれ違ったあたりへくると、たそがれせまる土手下の枯れ草のかげから、ちらっと赤い色がのぞいてる。

「あらっ」

女が飛びつくように走り寄って、拾いあげたのはたしかに赤地金襴《きんらん》の女の紙入れだった。

「おかしいわ。どうしてこれがこんなところにあったんでしょ」

わが手の紙入れと男の顔を見くらべて、いかにもそんなはずはないといいたげな、ぽかんとした顔つきである。

「そんなにおれのふところをながめなくたって、きみはおなじ紙入れを二つ持っていたわけじゃないんだろう。その手に持っているのが、たしかにきみの紙入れなんだろう」

「だから、あたし、ふしぎなんです」

「冗談いうなよ」

平助は女の強情なのにあきれかえって、

「おれがあんまり尾羽打ち枯らしているもんだから、きみは紙入れを落としたと気がついたとたん、てっきりおれが拾って逃げるだろうと思いこんでしまったんだな。だから、ろくに道も見ずにいそいで引っ返すと、ちょうどおれが下駄を直そうとしてしゃがんだところを見てしまったんだ。たいへん失礼なことをしたとは思わないかねえ」

と、納得のいくように説明をしてやった。

「そうなんですね、きっと。ずいぶん失礼な話――」

「まあ、いいさ。落としたものが返ればおれも安心だ。こんどは落とさないように、しっかりと内ぶところへでも入れていけよ」

こんな無知な女を相手に、無礼の失礼のと憤慨してみたところで始まらない。わらって別れようとすると、

「ちょっと待って――。どうしよう、あたし」

女はまたしても袂をつかんで、こんどは本当にすまなそうな顔つきだ。

「どうもこうもない。いそがないと日が暮れるぜ」

「あんたちっとも怒らないんだもの。あたし、よけい困っちまうわ。ね、ちょいと寄ってってください。あたしの家、すぐそこなんです。せめてお出花ぐらいあがってってもらわなくちゃ、とても失礼しちまって、あたし顔から火が出そうだわ」

どうことわっても女は承知しない。どっちへころんでもなかなか強情な女のようだ。

二

「あたしはねえ、千鳥屋のお浜っていうはねっかえりなんです。どうぞ以後ごひいき

に――」

　あいかわらず袂《たもと》を引っぱって歩きながら、女に芝居っ気たっぷりなおじぎをされてみると、平助もあまり自慢にはならぬわが名を名乗らないわけにはいかなかった。

「おれは貧乏浪人大和田平助というんだ。以後あんまりごひいきにならんほうが、きみのためかもしれないな」

「ふ、ふ、正直ね、あんたは。貧乏はお身なりをひと目見ればわかってるけれど、ごひいきにならんほうがいいっていうのは、女癖でも悪いんですか」

「いや、女癖なんてものは金持ちの道楽だ。人間、腹がすくと、女より焼き芋屋のにおいのほうが身にしみるものさ」

「まあ、うら寂しい。なによ、男のくせに。もっとしゃっきりしたらどうなの。今夜はこのお浜ねえさんが、うなぎでも、てんぷらでも、あんたの好きなものを山ほどごちそうしてあげるんだから」

「かたじけないなあ」

　半分はからかっているつもりなのが、事実腹がすいているので、腹の虫のほうが正直にぐうっと鳴りだす平助だった。

「ここよ、あたしの家は。あいにくお店は休んでいるけど、さあ、遠慮なくお入んなさいよ」

なるほど、女の家は郡代屋敷からすぐ近い同朋町《どうぼうちょう》の横町で、どうやら小料理屋といった表構えだが、まだにぎやかな宵《よい》の通りのここだけは大戸がおりている。くぐりから土間へ入ると、暗い店はがらんとして妙にほこりっぽく、商売を休んでいるのはきょうだけではなさそうな感じだ。

「ばあや、ただいま」

「おや、お帰んなさいまし。お寒かったでしょう」

板場から手をふきながら出迎えた老婆に、

「お客さんをつれてきたんだから、お酒の支度をしておくれ」

お浜は景気よくいいつけながら、平助を茶の間へ案内した。ここはさすがに灯《ひ》が明るくともって、豪勢な長火ばちに湯もたぎっているようである。

「そこへお座んなさいよ。だれもいないんだから、遠慮しなくたっていいわ」

頭巾《ずきん》をとったお浜は二十五、六とも見えるあかぬけのした年増《としま》ぶりで、多少酔っているせいもあるのだろう、一人でうきうきと長火ばちの前へ座った。

「平さん、なにを考えこんでいるのさ」

「店はずっと休業しているようだな」

「休んでるわ」

「うまくいかないのかえ」

「いかないわ。お客に貸しばかりできて、酒屋に借りばかりできたんじゃ、しようがありゃしない。きょうもなんとかしようと思って、五、六軒お勘定の催促やら金策やらに駆けまわったんだけれど、五両とまとまりゃしない。この分だと、大晦日《おおみそか》には夜逃げね」

女はけろりとしてわらっているが、平助はうなぎの山もてんぷらの山も一度に消えてしまったような気持ちだ。

「そんな大切なお金を落とすなんて、きみもどうかしてるんだな」

「もうそれをいいっこなし。あんな風にあんたを疑うなんて、いま考えても顔から火が出る。そのかわり、今夜はなんでもおごります」

「むだづかいはよせよ、せっかく苦労して集めてきた金じゃないか」

「これっぱかり、あったってなくたっておんなじよ。あしたはあしたの風が吹くわ」

「その風が吹かなければ、夜逃げなんだろう」

平助はすっかりうら寂しくなってしまって、うなぎの山なんかにつられてくるんじゃなかったと後悔さえ感じる。

「ねえさん、そこでお燗《かん》をしてくださいまし」

老婆が銚子《ちようし》を膳《ぜん》にのせてきて、いそがしそうに板場へ去る。

「たのみがあるんだがなあ」

器用に女がそれを取り上げて銅壺《どうこ》へつけるのを見ながら、平助はふっと両手を膝《ひざ》の上へ直した。

「なにさ、改まって――」

「その酒を徳利ごとおれにくれないか」

「どうするの」

「家へ持って帰って、友だちにも飲ませてやりたいと思ってね。じつは、おれは友だちと二人で一軒借りているんだが、ほかにすこしわけもあって、きょうは二人で暮れを越す金策に出たんだ。金策というやつは、お互いにどうも思うようにならんもんだからな。仙田《せんだ》のやつも今ごろぼんやり家へ帰ってきているんじゃないかと思うんだ。一本持っていってやったら、相好をくずすだろうと思ってね」

仙田もよろこぶだろうが、それですめば夜逃げを覚悟の女に無理な散財をさせずにすむ、と平助は考えたのだ。

「まあ、うら寂しい。二人ともそんなに困っているの」

「なあに、あしたはあしたの風が吹く。困っているのは今だけだ」

「そりゃそうよ。あんたたちまだ若いんだもの、今から貧乏なんかに負けちゃだめよ。あんたの家はどこ」

「新シ橋のそばだ。豊島町《としまちよう》一丁目の裏長屋なんだ」

「じゃ、そう遠くないんじゃありませんか。いいわ、あたし今夜二人におごってあげるから、仙田さんていうお友だちも呼んでいらっしゃいよ。さっきあそこで紙入れをあんたに拾われちまったと思えばなんでもありゃしない」

「人聞きの悪いことをいうなよ。断言はできないが、たぶんおれは人のものなんかは拾わないつもりだ」

「あんたのそのばかっ正直なとこが、あたしとても気に入っちまったのよ。いいから、仙田さん呼んでらっしゃいってば。今夜は三人で景気よく貧乏払いに飲みましょうよ。面白いじゃありませんか」

お浜は一人で目を輝かして、はしゃいで、さあ、燗《つ》いたから、これを一杯ぐうっと引っかけて駆けていけと、銚子の酒を湯飲みにあけてくれるのである。断ったって、強情な女だから、すなおにうんというはずはない。

「ようし、じゃすぐに行ってくる」

平助は茶わん酒を一気にあおって、威勢よく女の家を飛び出した。

外はどんよりと底冷えのする夜になっていたが、すきっ腹にあおった酒がきりきりと腸を駆けめぐりだしたから、べつに寒さは感じない。

――少しやんぱちのところはあるが、しかしいい女だったな。

平助はさっきの道をぶらぶら新シ橋の方へ引きかえしながら、またしてもわびしくなってきた。女といっしょに貧乏払いなどをやって、のんきに騒いでいられる場合じゃないのだ。

自分はいい、もともときょうは金ができるというたしかな当てがあって出てきたのではないのだし、お浜のいいぐさじゃないが、あしたはあしたの風が吹く希望は失っていないから、なんとかなるだろう。が、仙田忠兵衛はそうはいかないのだ。

彼は、隣の後家浪江《なみえ》と、金さえできればいっしょになりたい意志がある。むろん、浪江のほうにもその気持ちは十分あると見ていいのだ。おそらく、親切な五軒長屋の連中もみんな、やがてそうなることを望んでいるに違いない。

ただ、そうなるにしては、仙田も、そして仙田の親友である自分も、あまりに貧乏すぎるのだ。浪江には四つになる子供が一人あって、細々ではあるが針一本でその子を育てている。いっしょになれば、当然、仙田が親子の面倒を見てやらなければならなくなるのだが、今はそれが逆で、こっちが内職にあぶれた時は、つつましい浪江のほうからそっと米をまわしてくれるほうが多かった。

困った時の米のまわしっこは、五軒長屋全部助けられたり助けたりしていることで、決して仙田と浪江との二軒だけにかぎらないことだが、特に人目をしのんでそれが頻《ひん》繁《ぱん》なのは、そこに美しい恋が生まれているからである。

美しいとは、親友の平助から見てそう思うので、仙田も浪江も胸に燃えるものを持ちながら、行儀正しく、おそらくそんなことは口にさえしあったことはない、と断言できそうだからだ。

その浪江が、この暮れへきて五日ばかり風邪で寝こみ、やっとよくなったと思うと子供がひどい下痢にかかって、どうも素人《しろうと》の手ではおぼつかなくなってきたのだ。

「平さん、せめて一両、いや、一分でもいい、なんとかならんものかな」

「よし、なんとかやってみよう」

「たのむ。なんとかして清坊を助けてやりたい」

仙田は真剣な顔をしていた。清吉を自分の子のように思っている仙田としては当然なことだし、日ごろ浪江の世話になりがちな仙田は、ここで金の都合がつかなければ、男として浪江の前から姿を消さなければなるまい。

その責任の一半は平助も負わなければならないのだ。

三

——困ったなあ。

家が近づくにつれて、平助の足はだんだん重くなってきた。

仙田のほうがうまく金ができてくれればいいが、と思うにつけても、自分と同じで、ついに金策はつかず、自分よりもっとみじめな気持ちで帰ってくる仙田の姿が目にちらついてしようがないのだ。——あの気まぐれ女に、よく事情を話してたのんでみるんだったな。

実は、あの時、そう思わないでもなかった。が、出会い頭にいきなりぬれぎぬをきせられているし、女も夜逃げをしなければならないせっぱ詰まった場合だとわかっては、どうしてもそれが口に出なかった。

飲む金は借りられても、米の金は口に出せない。まったく真理だと思う。

——しかし、いよいよ仙田のほうがだめだとすれば、そんなこともいっていられないじゃないか。こっちは清坊の命にかかわる金なんだからな。

どうせあの気まぐれ女は、山ほどうなぎをおごってくれる気でいるんだし、よしと、平助の腹はやっときまった。

急に足が速くなって、新シ橋通りの米屋の路地を入り、とっつきは大道易者の乾坤《けんこん》堂半斎《どうはんさい》、二軒目が大工の米五郎《よねごろう》、三軒目が羅宇屋《らうや》の伊兵衛《いへえ》、寒いからみんなもう雨戸をしめている。その四軒目がわが家で、五軒目が浪江の住まいだ。手ぶらで帰るのだから、平助は肩身せまく、足音をしのばせてわが家の門口に立つと、灯がともっている。

「平さんか――」

門の戸をあける音に、中から小声で聞いたのはたしか仙田だ。もう上がり框《かまち》へ出てきている。

「どうした、忠さん、金はできたか」

「できた、待ちかねていたんだ。くわしいことは、みちみち話そう」

「みちみち――」

「うむ、六ツ（六時）までに和泉橋《いずみばし》で待っているやつがあるんだ」

仙田はもういそがしく灯を消して、土間へおりてくる。

「清坊のほうはどうなんだ」

金ができたと聞けば、そのほうはほっとして、こんどは病人のほうが気になる。

「医者にきてもらったから、もう大丈夫だろう。眠っているかもしれんからな、静かにしてくれ」

わが家の門口をしめきって、仙田はそっと浪江の戸口をたたく。

「ご新造、では出かけてきますから、あとをたのみます」

「はい」

気配で察して待っていたらしく、浪江がすぐに戸をあけて顔を出した。

「よかったねえ、浪江さん」

そのやつれた顔を見ると、声をかけずにはいられなかった。

「ありがとうございます。みんな、みんなおじさまがたのおかげでございます」

「大切にしてあげてください。じゃ――」

二人の間で話はすんでいるのだろうが、仙田は簡単に会釈《えしやく》をして、もうさっさと歩きだす。

「あの、お寒いようですから、お気をつけあそばして」

それは自分へではなく、浪江の感謝にみちたまなざしはじっと仙田の後ろ姿を追っていた。

「じゃ、お休み」

なにがなんだか一向わからず、仙田のあとを追いながら、しかし寂しそうな顔だなと、それも仙田がどこかへ出かける、こんな時は出かけてもらいたくないんだろうと、そんなからかい半分の想像をめぐらしてのことだった。

それにしても、なにもかも一度に片づいてよかったと思うと、平助はさっきの茶わん酒がほかほかと頰《ほお》へ出てきたような気持ちで、

「和泉橋にだれが待っているんだね」

と、柳原土手へかかってから仙田に聞いてみた。

「平さん、すまん、きみの体も売ってきたんだ」

黙々と歩いていた仙田が、急に立ち止まって平助の手を握る。

「売った――」

「うむ。薩摩《さつま》屋敷へ身売りをしたんだ」

先月あたりから三田の薩摩屋敷へだいぶ浪士が集まって、将軍不在の江戸を荒らしているとは、平助も聞いている。江戸を荒らすとは、幕府に盾をつくことで、討幕の急先鋒《きゆうせんぽう》たる薩摩のことだから、朝廷を擁して幕府に喧嘩《けんか》を売る、おそらくそんな腹なのだろう。

「薩摩屋敷へ入りこんでいる友人にばったり出会ったもんだから、まだ浪士を求めて

いるかと聞くと、いくらでもほしいというんだ。支度金は一人五両、金がいるんなら前金一両わたそうという。こっちは友人と二人だというと、じゃ二両だそうというんでね、今夜六ツまでに和泉橋で落ち合うことにきめたんだ」

「二両はもう受け取ったんだね」

「すまんが、清坊の医者代にわたしてきた」

「いいじゃないか、われわれはべつに幕府に恩義があるという体じゃないやね。働かせてくれるところがあれば、よろこんでどこだって働こうじゃないか」

「ありがとう。そういってくれると助かる」

「浪江さんには話してきたんかね、薩摩屋敷へ入ることは」

「いや、いわなかった。あとで迷惑するようだと困ると思ってね。ただ、いい口があったんで、二人で小田原へかせぎに行く、正月中には帰ってこられるだろうといっておいた」

「それでいい。余計な心配をさせたってしようがないものな。しかし、忠さん、約束だけはしてきたんだろうな」

平助はついからかってみたくなる。

「約束――」

「正月に帰ってくれば、所帯を持つんだろう。腹ではどう考えていたって、口に出して約束しておいてやらないと女は心配するぜ」

「そうかなあ。しかし、まだ海のもんだか山のもんだか、こっちの体がきまらんし、なまじ約束するのは、女の体を縛るようなものだからなあ」

ふっと寂しそうな顔をする仙田だ。この律儀者は、友人の体を無断で売っても、浪江とは手ひとつ握らないで別れてきたらしい。

「よかろう。浪江さんはそんな軽薄な女じゃない。きみの気持ちは知りすぎるほどちゃんと知っているんだ。万事、正月ということにしようじゃないか」

かえって元気づけるように仙田をうながして、平助は和泉橋のほうへ歩きだした。

四

凡人にとって、あしたはあしたの風が吹くということは、また、一寸先はやみだということにもなる。

大和田平助と仙田忠兵衛の二人が薩摩屋敷へ入った翌々日の朝、幕府は酒井藩に命じて薩邸《さってい》の浪士を討伐させることになった。つまり、売られた喧嘩《けんか》を買って出たのである。

それが目的だった浪士隊のほうでは、一戦を交える前に総裁相楽《さがら》総三が隊士を集め、

「我々はついに目的を達したのである。しかし、最後の目的は文字どおり徳川氏を討って、錦旗《きんき》を江戸へ迎えることにあるのだ。戦はこれからなのだ。諸君はなるべく命を全うしてここをのがれ、京都の薩邸へ集まってくれるように——」

と、訓示をあたえてから、堂々と表門をひらかせた。

同時に裏門をひらいて退路をつくり、一戦を交えてから、隊伍《たいご》を組んで、燃えあがる薩邸を捨て、三田の町家へ火を放って羽田方面へ引き揚げ始めた。羽田沖には薩摩の軍艦翔鳳丸《しょうほうまる》がどんどん石炭をたいて、浪士たちが乗りこんでくるのを待機しているのだ。

この戦で、仙田忠兵衛は敵に狙撃《そげき》されて、二十六歳を最期《さいご》に薩邸の中庭で戦死した。

「大和田、——大和田」

「ここにいる。やられたか、忠さん」

「うむ、やられた」

仙田は胸を撃ちぬかれていた。

「これを、これを、浪江にたのむ」

仙田がふところから出したのは、ふくさ包みの金だった。たぶん支度金の残りの四

両が入っているのだろう。

「引きうけたぞ、仙田。おれに命があったらなあ」

「行ってくれ、早く。きみだけは生きていてくれ」

浪江にこの金をわたしてくれるまでは、そのつもりの生きていてくれだったと平助は思う。それほど仙田は浪江を愛していたのだ。

平助は羽田まで落ちて、そこで軍艦に乗りおくれた隊士は解散し、自由行動をとって京都へ行くことになったので、大胆にも、その夜、目黒方面から江戸へ潜入した。むろん、途中で百姓姿に変装してのことだ。

江戸市中はすでに残党狩りで、岡《おか》っ引《ぴ》きや酒井藩の新徴組が総動員されている。

――お浜ねえさん、まだ夜逃げをせずにいてくれればいいがなあ。

うっかりわが家へ近づくのは危険である。平助の目あては、まずそこだった。

一日中歩き疲れた足を引きずって、やっと同朋町の横町へたどりついたのはもう宵《よい》すぎで、千鳥屋はあいかわらず雨戸がしまっている。くぐりから中へ入って、

「今晩は、お浜ねえさんいるかね」

と、奥へ声をかけると、

「だれ――」

すぐ茶の間からお浜が立ってきた。

「だれさ、おまえさんは。気味の悪い人ね」

「おれだよ。少しおそくなったけれど、うなぎとてんぷらをおごってもらおうと思ってね」

平助はかぶっていた手ぬぐいをとって、顔を女に見せるようにした。

「なあんだ、平さんか。どうしたのさ、そんな格好をして」

お浜はびっくりしてながめている。

「侍じゃ年が越せないんでね、作男に雇われたのさ」

「あんたならかまわない。いま雑巾《ぞうきん》を持ってきてあげるから、おあがんなさいよ」

「ばあやさんはどうしたね」

「きょう暇をやったのよ」

すると、この家もいよいよ夜逃げときまったのかもしれぬ。

足をふいて茶の間へあがってみると、あの豪勢な長火ばちも姿を消していて、お浜は炬燵《こたつ》の上へ膳《ぜん》をのせていた。やんぱちの寝酒をやっていたところらしい。

「この間はどうして友だちをつれてこなかったの。うなぎもてんぷらもみんなむだにしちまったじゃありませんか」

お浜は怒った目をしながら、白い手で杯をさす。夜逃げときまっても、この女は少しもいたいたしく見えないからふしぎだ。

「今夜はきみに少したのみがあってきたんだがなあ」

「また徳利ごとお酒をくれっていうんですか」

「いや、その友だちも今は家にいないんだ」

この世にもいなくなった仙田だ。あの時、もしこの女から一両借りて帰っていたら、ことによると仙田も死なずにすんだんじゃないか、ふっとそんなことを考えて、平助は胸が熱くなりかける。

「じゃ、そのお友だちもやっぱり作男になったの」

「それについて、くわしい話はあとでするけれど、その仙田からここへ金包みをあずかってきたんだ。これを仙田の隣の家の浪江という後家のところへ今夜とどけてやってくれないか。というのは、仙田はその後家さんが好きでね、本当はいっしょになりたかった。今その後家さんの子供が病気で寝ているんだ。この金は、仙田が作男になって、前給金に借りたんだ。その子供を医者にかけてやりたいもんだからね」

「情が深いのね、その人」

「うむ。とても情が深いんだ。だから早くとどけてやりたいと思ってね」

「どうして、あんた、自分でとどけてやらないのさ」

「おれが行くと、その後家さん気の毒がって、この金をとらないかもしれない。だから、おれはこれをきみにたのんで、さっさと帰ってしまったということにして、うまくきみから渡してきてもらいたいのさ」

「その後家さんのほうも、仙田さんに気があるの」

「大いに気があるんだ。寒いのにご苦労だけれど、たのまれてくれないかなあ」

「そんなことなんでもないけれど、相ぼれだなんて、ちょいとうらやましいな。ああ、わかった、あんたもその後家さんに気があるんで、やけるから自分で行くのがいやなんじゃない」

「冗談いうなよ。それから、ここに一両ある。ついでに、帰りに角の米屋へ寄って、これで餅《もち》をついて、あした仙田の名で、長屋中、といったって四軒だが、そこへ分けて配ってくれるようにたのんできてくれたまえ」

「なんだか変ねえ。たかが作男になったのに、おまつり騒ぎみたい。いいわ、すぐ行ってきてあげるわ」

お浜は、平助が自分の金を加えて五両にしたふくさ包みと、別に一両を帯の間へしっかり入れて立ち上がり、押入から見おぼえのお高祖頭巾《こそずきん》を出してかぶりながら、

「ことわっときますけれどねえ、あたしあんたのたのみだから、こんな使いをするんですよ。ようござんすか」

と、恩きせがましく念を押す。

「ありがとう。感謝するよ」

「じゃ、行ってきてあげますからね」

まもなくお浜がくぐりをあけて出ていく下駄の音が耳についた。

五

今夜は空っ風がひどく、一人になるとがらんとした家中の雨戸が一度にわびしく鳴りだしたようだ。

――おまつり騒ぎか。本当におまつり騒ぎだったな。

これでやっと役目を果たした思いの平助は、肘《ひじ》を枕《まくら》にごろりと炬燵《こたつ》の中へ横になって、妙に涙が流れてくる。正月の餅《もち》をもらってよろこぶ長屋中の顔と、まだ仙田の戦死を知らずにいる哀れな浪江の顔と、それにもまして、ただ浪江を安心させたいばかりに命を捨てた仙田、その命を売った金を最後まで恋人の手に入るようにと祈っていた仙田の顔を思い出すと、どうしても涙がとまらない平助だった。

──どうせおれも京で死ぬ命かもしれないが、かわれるものなら、一日でもかわってやりたかった。

あれを思い、これを考えているうちに、いつかうとうとしたらしい。

「平さん、起きなさいってば。──のんきな人ねえ」

邪険に肩をゆすぶられて、びっくりして目がさめた。

お浜はいま帰ってきたらしく、まだ頭巾《ずきん》もぬがず、じっと穴のあくほど顔をみつめている。

「やあ、ご苦労さま。寒かったろう」

「うそつき──」

怒っているような声だ。

「なんでだね」

「あんた薩摩屋敷から逃げてきたんでしょ」

「ふうむ。どうしてそれがわかったんだね」

べつにかくすこともないが、ちょいと驚かざるをえない。

「米屋さんでわかったのよ。二人とも急に姿をかくした、薩摩屋敷へ入ったのかもしれないから、帰ってきたらすぐ届け出ろって、昼間から岡《おか》っ引《び》きが何度もやってくるんですって」

「なるほど、さすがに早いもんだな」

「あの後家さんも、もうそれ知ってたのね。あたしは先へ後家さんの家をたずねたもんだから、うっかりしてたけど、あんたにいわれたとおりいってふくさ包みをわたすと、礼をいって、それを取りあげた手がふるえてたわ。そしてね、大和田さまは無事だったのでございますね、坊やもすっかりよくなりましたからと、くれぐれもよろしくお伝えくださいませ、ご恩は決して忘れませんていってたわ」

「そうか。さすがに敏感だな」

「仙田さんて人、薩摩屋敷で死んだんじゃないの」

「まあ、そうだ」

「うそつき。なんだってあたしにまでそんなうそをつくんですよう」

お浜はいきなり突きあわせている膝《ひざ》を悔しそうにわしづかみにしてきた。

「痛い。――とにかく、餅のことはよくたのんできてくれたんだね」

「あたりまえじゃありませんか。――それで、それで、あんたこれからどうするつもりなの」

「京へ行く」

「京へ——」

ちょっと考えるようにしながら、

「いいわ。どうせあたしも夜逃げをするんだから、いっしょに行ってあげるわ」

と、またしても突飛なことをいいだす。

「冗談いうなよ。おれは見物に行くんじゃないぜ」

「知ってますようだ。だから、一人で行くより、あたしとなら駆け落ちだって岡っ引きをだませるじゃありませんか。早いほうがいいわ。すぐ出かけましょう」

「そんなにいそがなくたっていいんだ、あきれた女だなあ」

「あたしのほうがよっぽどあきれてるわ。どうしてあんたって人はそうのんびりしてるんだろうな。もしあの米屋から足がついたら、どうするつもりなのよう」

自分の言葉に追い立てられるように、もうあたふたと立ちあがりながら、ふっと行《あん》燈《どん》を吹き消している。

「あれえ」

「しっ」

どんどんと、雨戸をたたく音がする。

「こんばんは、——こんばんは」

「そらごらんなさいな」

お浜はくらやみで男の手をさぐって、

「こっちよ。裏から出れば大丈夫なんだから、落ち着いていなけりゃだめよ」

「履物がわかるかえ」

「ぜいたく言いっこなし。芝居でしたって、駆け落ちははだしにきまってるじゃありませんか」

この女の神経はどこまで変わっているのかわからない。

「おい、御用の者だ。ここをちょいと開けろ。いないか」

わめき立てている表の声を聞き流して、そっと裏口から外へ出ると、路地の空は凍《い》てついたような星明かりで、吹き抜けていく空っ風が刺すように寒い晩だった。

選者解説

縄田一男

先に新潮文庫から刊行したアンソロジー、『親不孝長屋』『世話焼き長屋』『たそがれ長屋』は、それぞれ、親子、夫婦、老後といった現代に通じるテーマを軸にした作品を選んだことが好評で、読者の方々から多大な御支持を得ることができ、選者として、まずは御礼を述べさせていただきたいと思います。

そこで、今回からは、装《よそお》いも新たに、再び現代に通じるテーマでアンソロジーを編むことになりました。その第一弾は題して『素浪人横丁』。時代劇に登場する浪人は、下情にも通じ、剣の腕も冴《さ》え――というように格好の良い存在ですが、これを、いま現在のリーマンショックにはじまる百年に一度の世界恐慌《きようこう》の下、昨年から行われている〝派遣切り〟と重ね合わせると、そうとばかりはいってはおられぬでしょう。

それらを踏まえた上で、解説に入る前に、この浪人という言葉が、海外でも通用することを御存知でしょうか。

　たとえば、ジョン・フランケンハイマー監督の晩年の硬派のアクション映画「RONIN」――この作品は原題も正に〝RONIN〟であり、冒頭、「日本の江戸時代サムライは命を賭《か》けて君主に仕えた　君主を失ったサムライは恥を忍び　野に下り職を求めて雇われ武士や盗賊にまでなった　主《あるじ》をなくした武士は　サムライと呼ばれず別の名で呼ばれた　その名は――〝ローニン〟」とテロップが出て、タイトルとなります。

　物語は、東西冷戦も終結し、ベルリンの壁も崩れ、主をなくし、文字通り〝ローニン〟となったスパイたちが危険な仕事を引き受ける、というもので、おかしいのは、主演のジャン・レノやロバート・デ・ニーロが、しきりに三船敏郎《みふねとしろう》のような表情をつくろうとしている点でした。劇中、武者人形をつかって赤穂浪士《あこうろうし》の敵討《かたきう》ちを説明する箇所もあります。

　ですがいま、私たちがこの作品を素直に楽しめない現状が存在するのも事実です。前述した百年に一度の世界恐慌は、その内容を詳細に見れば、約八十年前の世界恐慌とほぼ同様の構造の結果、生じたものである、といえます。人間は何一つ学ぶことをしなかったのでしょうか。

　そして、昨年末からはじまった派遣切りの有様を新聞やTVを通して目《ま》の当たりにした方も多いと思います。私もその一人であり、一方的に会社の寮から年内に立ち退《の》きをいい渡された方々の姿を見ると愕然《がくぜん》とせざるを得ませんでした。企業側にもさまざまな事情があるのかもしれません。ですが、せめて松の内が明けるまで待ってやるのが人情ではないのか――。そんな折、TVのインタビューに「私は誰も恨んでいません、ハローワークの人たちに感謝しています」と、涙ながらに答えていた中年男性のことが忘れられません。

さらに私が愕然としたのは、ネット上ではこうした職を追われた人たちに対して、自分に能力がないせいだなどと、批判する書き込みが幾つもあった点です。正に〝人情紙風船〟――。このようなことを平気でいう人たちは、自分たちがどれだけ、精神的に、そして、心が貧しい人間であるか気づいていない、哀れな存在であると私は断言したいと思います。

しかしながら、その一方で、職を失った人たちを何とかしなければ、という動きもありました。昨二〇〇八年十二月三十一日から今年の一月五日まで、日比谷公園内に設置された年越し派遣村です。この報道を見た時、私はまるで、江戸時代のお救《たす》け小屋ではないかと思いました。派遣村に関しては、『派遣村・何が問われているのか』（宇都宮健児、湯浅誠編、岩波書店）と『派遣村・国を動かした6日間』（年越し派遣村実行委員会・編、毎日新聞社）の二著に、その詳細が記され、現在の日本が抱える問題点が明らかにされています。

後者の〝あとがき〟で、東海林智《とうかいりんさとし》氏は〝五〇〇人を超える村民と一六〇〇人を超えるボランティアが命を支え合った日々は、幻だったのか〟という旨《むね》を問題提起し、前者の〝はじめに〟で湯浅誠氏は、「非正規労働者はモノのように捨てられている」が、彼らがそこここで展開する「良いことと悪いことの複雑さ。それが『人間の手触り』」であり、これを忘れた場合、そのことは、「手痛いしっぺ返しとなって現実政治を襲うだろう」と告発しています。

しかしながら、まるで、彼らが存在しないかのように企業のトップたちは例年通り新年祝賀会（何を祝賀するというのか）を行い、「東京でオリンピックをひらこう、皆で夢（一体、どんな夢だというのか）を見よう」という都知事が存在するのも事実です。

そして、モノとして扱われる非正規労働者は、サムライであってサムライでない浪人と同じではないか、と考え、私はこの一巻を編みました。以下、簡単な解説を付しましたので、読書の一助としていただければ幸いです。

○「雨あがる」（山本周五郎）
いわずと知れた山本周五郎の名作です。この作品は〝リストラ〟ということばがかまびすしくいわれた一九九九年、黒澤明《くろさわあきら》の遺稿をもとに、長く黒澤の助監督をつとめた小泉堯史《こいずみたかし》氏がはじめてメガホンをとり、多くの観客の共感を呼びました。原作では、伊兵衛《いへえ》・たよの夫婦は仕官を逃してしまいますが、映画化作品では嬉《うれ》しい結末が待っており、映画が終わった後、拍手が鳴り止《や》まなかった、といわれています。なお、この作品は既に、一九六四年、「道場破り」（監督、内川清一郎）の題名で映画化されており、小泉版で寺尾聰《てらおあきら》、宮崎美子《みやざきよしこ》の演じた夫婦を、長門勇《ながといさむ》と岩下志麻が演じており、こちらは原作通りの結末。ラストの仕官を逃しても晴れ晴れとしている長門の顔と、どこか表情に諦観《ていかん》をにじませている岩下のコントラストが印象に残ります。どちらもDVDが発売されているので見較《みくら》べてみるのも一興でしょう。
○「異聞浪人記」（滝口康彦）
恐らく、本書収録の作品の中で、最も凄惨《せいさん》極まりない一篇でしょう。滝口康彦は、士道小説の名手として知られており、その作品を大衆文学評論の確立者、尾崎秀樹《おざきほつき》は「特権階級である武士の世界をとりあげながら、彼はその中に人間の生き方のひとつの縮図を見ており、現代の管理社会における人々の感動や意識とも共通する問題をえぐり出している。これは彼の作品のもつひとつの特長だといえよう」と記したことがあります。滝口作品に登場するサムライは、主持ちであるか浪人であるか、そのいかんにかかわらず、理不尽な状況を強いられます。そして作者は、正にそのようにしか生きられなかった、もしくは死なざるを得なかったサムライの姿を武家社会の矛盾の犠牲者として描いているのです。この作品も小林正樹監督により「切腹」（主演、仲代達矢）として映画化され、世界的に認められましたが、この映画化作品がなくとも、本作が屈指の名作であることは間違いないでしょう。

○「夫婦浪人」（池波正太郎）

ご存じ、〈剣客商売〉シリーズからの一篇です。未読の方は、さて、どのような浪人者の夫婦が登場するのか、と期待に胸をふくらませながら読みはじめ、その夫婦の実態に触れたとたん、驚かされることでしょう。作中、「武士同士が愛情によってむすばれるとき、たがいの肉体を愛撫《あいぶ》し合う場合もあれば、ただ、手と手をにぎり合い、凝《じつ》と眼を見合うだけで満足する場合もあって、このほうが前者よりも、むしろ男の愛が強く、深いのだとか……」と記されていますが、江戸期において〔男色〕は、それほど特異なものではなかったようです。この男同士の夫婦の挿話に作者得意の敵討ちの物語が絡《から》みますが、〔男色〕を扱ってもラストでホロリとさせられるのは、さすがは池波正太郎の筆の力というべきでしょう。

○「八辻ヶ原」（峰隆一郎）

恐らく本書の中で最も現代的でリアルな手ざわりの作品ではないでしょうか。作者は、今日、隆盛を極めている文庫書下し時代小説の確立者として知られていますが、その作品の多くは、食べていけないサムライ、すなわち徳川期の浪人問題を扱ったものでした。大ヒット作となった〈人斬《ひとき》り弥介《やすけ》〉シリーズは、当初は不遇な作品で、この連作は、はじめの三作が新書判で、第四巻が単行本で刊行されましたが、売れ行きは必ずしも芳《かんば》しくありませんでした。世はバブル全盛期だったからです。作者はこの史上最悪最低の拝金主義に違和感を覚え敢《あ》えて浪人問題を扱ったわけですが、反応は今一つでした。ところがこの四作が文庫化され、続篇が文庫書下し作品として巻を重ねていくと同時にバブルが崩壊、ベストセラーとなっていったのです。時代を先取りした作家は、日本中が平成不況にあわてふためく中、その時代をも組み伏せ、睥睨《へいげい》し、書いて書いて書きまくり、二〇〇〇年五月、六十八歳で世を去りました。武士の斬り死にとでもいうべき最期《さいご》が忘れられません。

○「浪人まつり」（山手樹一郎）

最後はさわやかな一篇でしめたいと思います。『桃太郎侍《ももたろうざむらい》』や『夢介千両みやげ』

等で知られる作者は、「暗さは実生活だけでたくさんだ。大衆はもっと心のあたたまるものを求めている」をモットーに、数々の明朗時代小説を世に送ったことで知られています。そして『浪人市場』『殿さま浪人』『素浪人案内』等、その題名を見ても分かるように、最も多く、浪人を主人公とした作品の書き手でもありました。実際の江戸期の浪人は、浪人である、というだけの理由で理不尽な政治に苦しめられることもしばしばでしたが、山手樹一郎描くところの浪人は、正に戦後民主主義＝自由の象徴として作中を闊歩《かっぽ》します。そして、今日のような時代となっても、未だに人々の心に灯をともし続けているのは驚くべきことである、といっていいのではないでしょうか。

この一巻の解説を書き終えて、名も無き多くの平成の浪人たちに一日もはやく平穏な日常が訪れることを祈ってやみません。

では、また――。

（平成二十一年五月、文芸評論家）

底本一覧

山本周五郎「雨あがる」（新潮文庫『おごそかな渇き』）
滝口康彦「異聞浪人記」（新潮文庫『上意討ち心得』）
池波正太郎「夫婦浪人」（新潮文庫『剣客商売四　天魔』）
峰隆一郎「八辻ヶ原」（徳間文庫『孤狼の牙』）
山手樹一郎「浪人まつり」（春陽文庫『浪人まつり』）

表記について

新潮文庫の文字表記については、原文を尊重するという見地に立ち、次のように方針を定めました。

一、旧仮名づかいで書かれた口語文の作品は、新仮名づかいに改める。
二、文語文の作品は旧仮名づかいのままとする。
三、旧字体で書かれているものは、原則として新字体に改める。
四、難読と思われる語には振仮名をつける。

なお本作品集中には、今日の観点からみると差別的表現ととられかねない箇所が散見しますが、著者自身に差別的意図はなく、作品自体のもつ文学性ならびに芸術性、また当該作品に関して著者がすでに故人である等の事情に鑑み、原文どおりとしました。

（新潮文庫編集部）

素《す》浪《ろう》人《にん》横《よこ》丁《ちよう》

—人情時代小説傑作選—

新潮文庫　い-17-74

平成二十一年七月一日 発行
平成二十四年七月五日 三刷

著者　池波正太郎　山本周五郎　滝口康彦　峰隆一郎　山手樹一郎

発行者　佐藤隆信
発行所　株式会社 新潮社
郵便番号　一六二―八七一一
東京都新宿区矢来町七一
電話　編集部(〇三)三二六六―五四四〇
　　　読者係(〇三)三二六六―五一一一
http://www.shinchosha.co.jp

価格はカバーに表示してあります。
乱丁・落丁本は、ご面倒ですが小社読者係宛ご送付ください。送料小社負担にてお取替えいたします。

印刷・二光印刷株式会社　製本・株式会社植木製本所

ISBN978-4-10-139727-6 C0193